OLEGARIO SOTELO BLANCO

UN BUEN FINAL
Y OTROS CUENTOS EJEMPLARES

EDITORIAL LETRA VIVA
CORAL GABLES, LA FLORIDA

Presentación

No es la primera vez que intento una aproximación literaria a la realidad social de mi pueblo. Hace seis años publiqué Contos de indianos, que pronto verán la luz en edición española, una colección de relatos escritos con un afán provocador, en la medida que pretendían cuestionar el tópico del indiano triunfador, tan instalado aún en nuestro inconsciente colectivo. Entonces, como ahora, el recurso de la ficción se me antojó más acorde a mis intereses desmitificadores que la mera exposición estadística de unos hechos difícilmente objetivables, pues no hay familia gallega ajena al drama de la emigración en cualquiera de sus variantes, y cada experiencia tiene un carácter absoluto.

Muchos de mis paisanos, como yo mismo, vieron en su infancia dividirse a sus familias para siempre, y eso no se supera con facilidad. No soy partidario, como es obvio, de pasar página y permitir que se olviden los hechos, menos aún de la idealización de los mismos, falso consuelo que de poco ha de servir a nuestro pueblo, por mucho que a nivel personal alivie un poco. Contra estos males ya me empleé hace seis años, y ahora vuelvo con renovado ímpetu, focalizando esta vez el drama de la emigración gallega no tanto en un personaje cuanto en un escenario, la isla de Cuba, en la que se dieron y se dan historias como las que se relatan en las siguientes páginas.

Tal vez la primera, «El amor de Belarmina», sea la más eterna, al retomar el rosaliano tema de la «viuda de vivo». La última, «Un buen final», es la más actual; procuro abordar en ella los claroscuros del denominado turismo sexual. «Un gallego llamado Carajito», «Luna de miel en La Habana» y en especial «La fértil vocación» son relatos posiblemente más anecdóticos, pero no creo que traicionen el tono ejemplarizante que promete el subtítulo del libro, de obligado cumplimiento para satisfacer las expectativas expuestas más arriba.

Finalmente, el hecho de que cada cuento esté redactado mediante una fórmula narrativa propia responde a un paralelo interés de no olvidarme del lector, que ante todo tiene derecho a entretenerse leyendo. Tantos años de ejercicio antropológico le dejan a uno bastantes vicios; confío que esta estrategia polifónica haya servido para reprimir alguno de ellos, dejando sólo al descubierto los encuentros y encontronazos que en el presente siglo han conocido cubanos y gallegos.

EL AMOR DE BELARMINA

I

A los sesenta años, doña Belarmina Sousa Pérez se arregló la casa, a los setenta y dos, la dentadura; entonces juró ante su sobrino y único heredero que nunca más se daría un capricho. Pero he aquí que, a los ochenta y cinco, los chicos del inserso le facilitaron el viaje a Cuba por el que había suspirado toda la vida, y acto seguido deshizo su promesa, algo realmente importante estaba en juego.

Belarmina nació en 1913 en una población de la provincia de Pontevedra, donde habría de pasar el resto de sus días. Cuando le llegó la edad, se desposó con José Dobao Oubiña, también vecino de la pequeña aldea pontevedresa, que trabajaba como pulpeiro. La vida en común, no obstante, les duró muy poco, la boda tuvo lugar en los últimos tiempos de la República y los oscuros nubarrones de la guerra civil trepaban ya por el horizonte.

Dos meses después del enlace, José tenía preparado su baúl. Zarparía desde el puerto de Vigo en dirección a Cuba, donde era fácil amasar grandes fortunas, al decir de los miles de gallegos que, tras el 98, marcharon a levantar aquel país.

José Dobao llegó a La Habana recién casado pero solo, y con ganas de alcanzar muy pronto la gloria del dinero. Sus inicios fueron los esperables en un hombre sin oficio industrial: entró de peón en un ingenio azucarero. Ahí se ganó a pulso, nunca mejor dicho, la fama de trabajador incansable. Al término de la jornada, dedicaba unas horas a las labores de la zafra. No le pesaba el trabajo en el campo, espalda y brazos conocían bien la siega del centeno.

Pero finalmente debería su prosperidad al conocimiento de letras y números, gracias a lo cual, al cabo de unos meses, pasó a trabajar a la oficina del ingenio, donde consiguió relacionarse con gentes de cierta importancia: terratenientes, propietarios de almacenes y exportadores de azúcar, contactos que le abrieron las puertas de la ciudad y le permitieron, tres años después, abrir otras más modestas pero de un local propio en el Malecón, una bodega que servía por igual bebidas cubanas que platos gallegos.

Se diría que había alcanzado su propósito, que había llegado el momento de impulsar su vida matrimonial, enviándole un pasaje a Belarmina; pero el tiempo transcurrido en la distancia no ayudó mucho a los esposos, de hecho redujo el escaso amor que habían conseguido ahorrar en sus escasas semanas de convivencia.

Durante esos tres largos años, José mantuvo una voluntariosa relación epistolar con su mujer. Solía enviar cartas muy extensas inspiradas a menudo en novelas románticas que leía con fruición. Pero ella nunca respondía en el tono apasionado que hubiera agradecido el joven emigrante. Y es que la pobre Belarmina no sabía leer, y tenía que enterarse de lo que le contaba su marido a través de la versión crítica que le hacía el párroco, que a su vez era quien redactaba las respuestas más adecuadas. En realidad el sacerdote actuaba como lo que era, un intermediario conyugal; las cartas las firmaba Belarmina, pero en absoluto transmitían lo que ella sentía o quería. José tenía que vérselas con verdaderos sermones de púlpito y amenazas de «fuego infernal» que fundían sus inocentes fantasías amorosas. Desde luego, el muchacho no se sentía muy alentado a remitir un pasaje a su mujer, y un mal día dejó de leer novelas rosas y también dejó de amar a Belarmina.

Es cierto que, por esas fechas, José empezaba a llevar una vida que no hubiera satisfecho a su joven esposa, mucho menos al cura. Su negocio comenzaba a prosperar y decidió contratar a una mulata para servir las mesas, casi una niña, que no tardó en alegrar sus noches.

Por entonces, nuestro hombre ignoraba que los cubanos son muy familiares, en especial los mulatos, y Alicia, la camarera, no iba a ser una excepción. Cuando apenas llevaban un mes de relaciones, le presentó a su padre, a su madre y a su abuelita. Formaban un conjunto variopinto, pues la madre era mulata como Alicia, pero el padre y la abuela eran negros como el tizón.

El caso es que José comprendió, desde ese día, que también él, blanco como la cal, formaba parte de aquel grupo humano, y decidió que en adelante el negocio reflejara su nuevo status familiar: Alicia y su madre servirían las mesas; la abuela trabajaría en la pequeña cocina, pelando patatas o verduras, y el padre fregando los suelos del local y cuidando de los cerdos que criaban en un cobertizo.

Tuvo suerte. Con las incorporaciones, el bar multiplicó sus beneficios, y el futuro se abrió ante él como una puerta.

No obstante, José seguía casado.

Llevaba meses sin escribir, pero era incapaz de ignorar las cartas de Belarmina, tan agresivas y punzantes. Se sentía cada vez más deprimido a causa de su pasado gallego, y finalmente decidió cerrar el negocio y desaparecer de La Habana.

Se trasladó a Morón, donde tenía noticia de que funcionaba un ingenio azucarero que empleaba a muchísimos cubanos, en quienes vio a los futuros clientes de su restaurante. Morón, además de ser un lugar bellísimo en un cayo idílico, distaba más de quinientos kilómetros de La Habana, lo que representaba un buen refugio ante la eventualidad de que a Belarmina le diera un día por poner los pies en Cuba.

Por fortuna, la instalación en Morón con su nueva familia fue un éxito, sin que volvieran a llegarle más noticias de Galicia, ni buenas ni malas. Su vida transcurrió como la de tantos otros, rodeado ininterrumpidamente por la familia de su mujer, que, por cierto, crecía cada vez más: José no se explicaba de dónde salían tantos sobrinos, bocas poco locuaces, y sin embargo glotonas, que añadir a las de los cuatro hijos que ella le dio, todos negros como su suegro.

Belarmina nunca tuvo la menor noticia de los hechos aquí narrados. Lo último que supo de su marido fue que un día dejó de comportarse como tal. Le dijo el párroco:

Ahora debes ser muy fuerte y resistir tu desgracia con entereza, como una buena mujer cristiana.

Ella tenía veintiséis años, una cama fría y dos vacas lecheras.

Pero ni siquiera el tiempo, que tan eficazmente debilita la carne, consigue menguar los más vivos anhelos de juventud. Y he aquí que, gracias al inserso, pero también a su inquebrantable fe en la Providencia Divina, Belarmina tuvo al fin la oportunidad de darse unas vacaciones de las palabras de aquel cura anticuado, ya en su tumba, y viajar al lugar que tanto había marcado su existencia.

Aún era moza cuando aceptó que José nunca regresaría, ni como indiano ni como fracasado. Tampoco sospechaba que hubiera formado una familia cubana. En realidad vivió una soledad desgraciada porque no pudo olvidarlo. Por eso le fue siempre fiel, aun sabiéndose abandonada, y por eso necesitaba verlo, oír su voz una vez más. Poco le importaban sus excusas, sólo sentándose a su lado, pensaba, podría sentir que la espera había sido mínimamente provechosa.

II

El viaje resultó de lo más familiar. Cuarenta jubilados componían la expedición; más de la mitad, gallegos. Eso facilitó que las largas horas de vuelo resultaran tan agradables como la asistencia a una feria o a una romería. El trayecto entre Madrid y La Habana era largo, pero el pasaje no echó en falta demasiadas cosas. Muchos de los viajeros conocían ya la comida en bandejas que suele servirse en los aviones, que todos sin excepción calificaron de engañabobos, de modo que en seguida hicieron su aparición los chorizos, las empanadas o la clásica tortilla de patatas, sin que faltara, por supuesto, el vino del Ribeiro.

Las horas de vuelo sobre el Atlántico se convirtieron, así, en la versión aérea de lo que, años antes, fueron los largos trayectos en barco, aunque éstos llegaban a durar hasta quince días y las reservas de comida ocupaban casi tanto, al principio del viaje, como el resto del equipaje.

Horas después, el mar cambió a un color más vivo, retirándose finalmente y dejando ver unos huertos por la ventanilla y, a lo lejos, un edificio de cristal que parecía una residencia sanitaria y resultó ser el aeropuerto José Martí.

Una vez en tierra, los recién llegados subieron a un autocar. A Belarmina no le sorprendió que el vehículo tardara casi una hora en arrancar, porque nadie sabía dónde se había metido el conductor, cosas parecidas las había padecido ya en su mocedad. Ya se le antojó más exótica la indolente llegada de aquél, ajeno a los aplausos con que fue recibido: se acomodó frente al volante, pero no puso en marcha el motor. Se pegó a un teléfono móvil parecido a un transistor y habló con la Central de Viajes del Estado. Al rato dejó el aparato, entonces empezó a rellenar un formulario interminable. El hombre acabó sudando, definitivamente lo suyo no parecía ser el transporte de personas.

Apenas llevaban recorridos diez kilómetros

cuando un brusco frenazo despertó las protestas del pasaje. La causa era una vieja y destartalada motocicleta negra con su correspondiente sidecar: el artefacto estaba volcado junto a media docena de personas. No sería la última vez que Belarmina viera esta clase de vehículos, usados para transportar a toda la familia. El conductor estacionó el autocar en el arcén de la carretera, bajó a la calzada e intentó ayudar a aquellos hombres examinando detenidamente, en una muestra inútil de sana solidaridad, el artefacto averiado, en espera de que llegase el camión que hacía las veces de grúa, ambulancia o lo que hiciera falta.

Minutos más tarde, la mitad de los ancianos compartían risas y cigarrillos bajo el sol cubano. Alguno se bajó del autocar la botella de Ribeiro e incluso hubo quien, contagiado por el agradable espíritu de camaradería revolucionaria, intercambió direcciones y números de teléfono.

De modo que el grupo invirtió casi tres horas en desplazarse del aeropuerto al Hotel Habana Libre, en cuyo vestíbulo la embajada española les había preparado una recepción especial con parlamento, copita y espectáculo folclórico en vivo protagonizado por un grupo de música y bailes latinos.

El accidentado viaje, la música y el cóctel de bienvenida acabaron por conseguir algo que a Belarmina le supo a segunda juventud: caer rendida sobre una cama que se le antojó blanda como un ternerillo.

III

Para el segundo día, el programa anunciaba una visita a la ciudad, pero Belarmina salió del hotel una hora antes de que el guía hiciese su ruidosa aparición.

La recepción del hotel le facilitó un viejo carruaje arrastrado por un par de viejos caballos y conducido por un pausado mulato de afilados bigotes. Llevaba con ella un lote de lacón, chorizo y conservas enlatadas. La beneficiaria del mismo era su prima Aurora, casada el mismo año que ella pero en Cuba, de quien esperaba la máxima colaboración.

De camino, los ojos de Belarmina repararon en todos los detalles con esa precisión propia de las gentes del campo. Por doquier vio gente esperando lo que los cubanos llaman el camello, un autobús mastodóntico como los que usan en los aeropuertos. Esperaban pacientes en la cola, aprovechando las parejas para entregarse a sus juegos, y los niños a los suyos. Las mujeres vestían sayas largas de vivos colores; los hombres, menos vistosos, usaban camiseta de tirantes y pantalones de algodón cortos y finos.

Pasaron frente al castillo del Morro, el palacio de los Capitanes Generales, la catedral y alguna iglesia de estilo colonial, compitiendo en velocidad con hombres que tiraban de unos triciclos en los que viajaban uno o dos turistas desalmados.

Acabado el tour por la Habana Vieja, paso a paso llegaron al barrio del Vedado, y el coche se detuvo frente a la casa de su prima: una construcción humilde de paredes desconchadas pero de una dignidad sorprendente.

Belarmina llamó enérgicamente a la puerta. Abrió una anciana algo desconcertada por la visita, pero ambas se reconocieron en seguida: los recuerdos asomaron a sus ojos y por unos minutos creyeron que aún duraba aquella noche de carnaval en la que ambas se disfrazaron de ancianas, la última fiesta que compartieron juntas. ¡Qué trampas depara la vida! Ninguna de las dos recordaba el amanecer del día siguiente, y ahora esta mañana las reunía ataviadas como entonces y bajo el cielo cubano setenta años después.

No siendo habituales en la casa las sonoras muestras de júbilo con que ambas primas se obsequiaron, entraron rápidamente en escena la nuera y el hijo de la anfitriona, y desde el principio se estableció entre los cuatro una relación íntima, como la que podría configurarse en torno a una lareira, compartiendo los alimentos que Belarmina había traído para la ocasión.

Los jóvenes atendieron embobados al diálogo entre las dos ancianas, que gesticulaban con gran excitación mientras recordaban tiempos más felices como si no hubieran transcurrido los años desde entonces. Y satisfecha la curiosidad, y saciado también el estómago, Belarmina juzgó inconveniente entretener más a aquella familia e introdujo el asunto que la había conducido hasta allí:

—Lo que todavía no comprendo es que José se olvidara tan fácilmente de mí, de su familia en Galicia...

—Belarmina —dijo Aurora afilando mucho los labios—, la distancia y el tiempo causan efectos indeseables en las personas.

La afirmación dejó sin aliento a Belarmina, que tardó en reaccionar.

—Supongo que eso mismo influiría en mi José, claro.

—Hace mucho que no recibo noticias de él. Sólo sé lo que las malas lenguas dijeron, que se lió con una bailarina y que desaparecieron de La Habana camino de Morón por temor al novio de ella.

A Belarmina no le cuadraba que José pudiese acobardarse ante otro hombre, pero ante otra mujer, una esposa abandonada, ya era más factible, y pensó que en adelante seguiría esa pista de Morón.

–Gracias por todo, Aurorita, muchas gracias –concluyó, levantándose del asiento.

–A ti, Belarmina –dijo la anfitriona señalando los platos vacíos–. Espero que vuelvas por aquí antes de abandonar la isla... Por supuesto, Manolo –su hijo– te acompañará en el bici-taxi.

De mala gana asintió el mozo, pero una vez en ruta se mostró veloz y muy ágil, cumpliendo su cometido en unos minutos.

Tras dedicar una orgullosa mirada al mulato de afilados bigotes que antes la condujera en su vetusto carruaje, Belarmina descendió del triciclo como una gran dama y propinó al muchacho un par de sonoros besos, dibujando luego la sonrisa que sólo dedicaba a sus parientes de sangre. Lo que no impidió que éste extendiera la mano diciendo:

–Son cinco dólares.

IV

Para el día siguiente, el grupo tenía prevista una visita a la fábrica Partagás, luego se dirigirían al Museo de la Revolución para ver el yate Granma, que trasladó a los hombres de Fidel desde el golfo de Méjico hasta la isla, y finalmente conocerían el Gran Teatro de La Habana.

A Belarmina le desagradaban por igual los puros y la política, pero no había acabado aún de digerir las noticias recibidas la jornada anterior, y pensó que podía demorar un día su viaje a Morón y conocer la sede del Ballet Nacional que había inmortalizado Alicia Alonso.

Naturalmente, no tenía intención de pasearse antes por toda la ciudad, y encontró en dos viejos compinches, Paco y Abelardo, uno que presumía de ex fumador «no arrepentido» y otro de feroz anticomunista, dos cómplices de lujo a los que precipitó sobre el carruaje de su amigo el de los bigotes.

— ¡Al Gran Teatro de La Habana! —ordenó—. ¡Y queremos llegar antes de que anochezca! Los caballos brincaron como si el látigo lo manejase la propia Belarmina y lanzaron al vehículo por las calles de La Habana como no se había visto desde los gloriosos tiempos de la Guerra de Independencia.

Llegaron a la puerta del teatro en un abrir y cerrar de ojos y a la vez que un grupito de bailarinas, todas de piel blanca.

— ¡Vaya carrera! ¿Son españoles? —se interesó una de ellas mientras les invitaba a bajar del coche.

—Venimos de Galicia —respondió cortésmente Belarmina.

— ¿Conoce a nuestro presidente, don Manuel Fraga? —inquirió Paco, el anticomunista, sujetando la puerta e invitando a sus amigos a entrar en el edificio.

–Oh sí, yo conocí a ese señor aquí en Cuba hace unos meses.

Belarmina reparó entonces en el enorme salón en cuyo escenario más bailarinas hacían estiramientos y figuras. En la vida había visto un teatro tan grande y lujoso.

– ¿Sabían que este edificio había sido antes la sede del Centro Gallego? –les comentó su delicada acompañante mientras señalaba los asientos que podían ocupar para seguir el ensayo. Los ancianos obedecieron boquiabiertos–. Suban más tarde a la primera planta, que de nuevo está reservada a sus compatriotas.

Los ancianos sonrieron embelesados debido a la atención dispensada por la joven artista, incapaces de articular una palabra de agradecimiento, ni siquiera un gesto de despedida.

Una hora más tarde, cesaron la música y el baile y alguien ordenó un descanso, que nuestros inquietos espectadores aprovecharon para visitar los lavabos y luego, más relajados, orientar sus pasos en dirección a la primera planta.

Allí, en una sala amplia pero menos suntuosa, se tropezaron con unos dependientes que repartían unas cajas con alimentos procedentes de la campaña de ayuda promovida por la Xunta. Las cajas eran entregadas exclusivamente a paisanos gallegos o a sus descendientes directos, hijos o viudas, que formaban colas como las que habían visto tantas veces en las calles, aunque menos coloristas.

Belarmina observó cómo, antes de entregar el lote correspondiente, los empleados del Centro consultaban unas fichas... y pensó que acaso constara la de su marido.

Se puso a la cola, como una beneficiaria más, y cuando le llegó el turno, transmitió su interés al oficinista, que, de inmediato, recorrió con sus dedos las mugrientas fichas hasta dar con la de José Dobao Oubiña, que fue socio del Centro desde 1937 hasta 1940. En un extremo de la ficha, marcado en rojo, ponía «causa baja».

Así se lo leyó el hombre a Belarmina, que en el lapso de unos segundos recuperó y perdió la ilusión de volver a ver a su marido. Pero el archivero no se dio por vencido, cambió de cajón y al poco tiempo localizó una segunda ficha; ésta, con los datos de José, y de su viuda.

– ¿Su... viuda?

Tan aturdida quedó la gallega al comprender el significado de la noticia, que tuvo que tomar asiento, momento que sus dos acompañantes aprovecharon para ofrecerle unos taquitos de jamón que le habían afanado a uno que deambulaba por la oficina.

–Está muerto... José está muerto...

–Si ya te lo podías esperar, mujer, después

de tantos años... Anda, prueba esto... nada menos que jamón cubano.

Minutos después, todavía con lágrimas en los ojos, pedía al empleado, arrodillado ante ella como nunca lo había hecho un hombre, que le facilitase la dirección de la supuesta viuda, que en efecto resultó ser de Morón, ciudad próxima a Cayo Coco, según comentó Paco, a lo que Abelardo, el ex fumador, añadió que estaba previsto que el grupo partiera hacia esa población precisamente en un par de días, instalándose allí hasta el final del viaje. Belarmina posó la mirada en los brazos de sus acompañantes, les mostró los suyos, se aupó de un brinco y dijo:

– ¡Bah!, prefiero diez veces el jamón gallego.

V

Durante las dos jornadas siguientes, el grupo completó la visita a La Habana: los museos, los restaurantes, que los isleños llaman paladares, los locales de salsa, incluso el viaje en barco...

Hasta que por fin amaneció el día en que habrían de abandonar la capital cubana y viajar a Cayo Coco. Lo hicieron en un ruidoso aeroplano de los que antaño usaran los paracaidistas rusos. Nuestros turistas tuvieron la sensación de participar en una película bélica, protagonizada por un adusto soldado que entretenía sus neuronas entrando y saliendo de la cabina de pilotos.

De repente el avión picó hacia abajo y orientó el morro hacia los árboles de una tupida selva, de la que emergió, como por arte de encantamiento, una pista de tierra en la que se posó levantando una gran polvareda.

El grupo, especialmente disciplinado esta vez, fue conducido hasta su hotel en Cayo Coco, un imponente edificio rodeado de piscinas, pistas de tenis, jardines tropicales y unos toldos vegetales que a Belarmina le recordaron los palleiros de su tierra. Pero ella no tenía edad ni humor para perder el tiempo visitando equipamientos turísticos.

Dejó su maleta en la habitación, se refrescó un poco y bajó al vestíbulo para interrogar al recepcionista sobre la dirección que llevaba caligrafiada en un papel, en letra del amable archivero del Centro Gallego.

—Tú a lo tuyo, ¿eh, Bélar?

Quien así habló fue Paco, que pasó por su lado seguido por su amigo Abelardo, ambos vestidos con ropa de tenis camino de las pistas.

— ¡Vaya unos deportistas que estáis hechos! ¿No os da vergüenza andar por ahí con esos alambres que lleváis por piernas?

Resultó que Morón se encontraba a sesenta

kilómetros de allí, y un autocar recorría todos los días el trayecto de ida y vuelta.

– ¡Pero corra usted, a lo mejor ya se le escapó y tiene que esperar hasta mañana!

No era Belarmina de las que pierden nada por los pelos, y menos un transporte, por mucho que hubiera encarado la carretera. Se puso frente al vehículo, y con el frenazo salieron disparadas dos maletas mal sujetas al techo.

El conductor se llevó la gran reprimenda de la propietaria de los bultos antes de darse tiempo para increpar a la temeraria turista, que, con mirada de complicidad, le metió un par de dólares en el bolsillo de la camisa y se coló al fondo del ómnibus.

Una vez en ruta, mirando por la ventanilla, con el polvo del camino escociéndole en los ojos, la mente relajada, sin pensar en nadie ni en nada en particular, entre sueños advirtió la carretera de tierra por la que circulaban y que atravesaba el mar a lo largo de diecisiete kilómetros, o el puente levadizo, custodiado por soldados que vigilaban el paso de los barcos que trataban de superar el escollo de la autovía, y por primera vez aquella anciana se sintió en un país distinto y extraño: vislumbró luego prósperas explotaciones ganaderas y agrícolas en las que cientos de vacas pastaban en unos prados fértiles, y, a poca distancia, grupos de hombres y mujeres recolectando la caña a machete, y entre sueños reconoció un país no menos hermoso y exuberante que su adorada Galicia.

De pronto un accidente despertó todos sus sentidos, una rueda saltó de su eje y el vehículo perdió estabilidad precipitándose contra un merendero situado a orillas de un lago rodeado de frondosa vegetación.

El conductor y el soldado vigilante tuvieron que utilizar el teléfono para llamar a la Central y pedir una rueda de repuesto. Belarmina observó con curiosidad el letrero del local, que decía «Centro Internacional de Pesca». A un lado, un grupo de hombres jugaba a las cartas y bebía cerveza; frente al viejo mostrador, un camarero, ataviado con su traje verde oliva, dialogaba con el soldado que viajaba con ellos. La pared en la que se recostaban estaba cubierta con fotografías de Fidel Castro pescando en barca; fue su primer encuentro, cara a cara, con el mítico líder revolucionario. Tras dos horas de tranquila y relajada espera, llegó finalmente la rueda de recambio.

Belarmina despertó en Morón, o sería más exacto decir que la despertó con gran delicadeza el conductor del autocar. Estaba empapada en sudor.

El mismo chófer le orientó sobre la dirección que llevaba apuntada. Pero antes de presentarse, quiso tomarse un respiro, por lo menos hasta que se evaporasen las humedades de sus ropas y pudiese refrescarse un poco. No en vano era la esposa legítima, no podía aparecer en aquella casa oliendo a rancio.

Paseó con la brisa por las calles de Morón; se preguntó una y mil veces si ésa sería la ciudad que diera origen al dicho, el del famoso gallo; y finalmente, toda coraje y determinación, encaró la etapa más trascendental de su viaje.

Cruzó una calle, dejando atrás el mercado y, tras bordear una plazoleta, se topó con una construcción antigua en la que destacaba un rótulo de madera con enormes letras descoloridas: «Patria y Revolución», rezaba, como si la gastronomía tuviera que ver con la política. «Pues algo habrá de eso», se convenció.

Tímidamente arrimó la nariz a la portezuela, la introdujo a través de la penumbra y husmeó; no le pareció que abundaran muchos olores orgánicos en aquella atmósfera, no detectó aromas de judías cocidas, de pierna de cerdo asada, arroz con leche o café criollo. De pronto unos grandes ojos brincaron en la oscuridad. Belarmina adivinó en el acto que se trataba de un individuo de raza negra, pero a medida que el hombre fue acercándose, captó en él un cierto parecido con José, a quien ella conoció en una edad parecida.

– ¿Qué se le ofrece, compañera? –cantó la voz del recién aparecido volteando con una mano un gran bote de limpieza.

– ¿Conoció usted a este hombre? –preguntó ella un tanto nerviosa y mostrando la única fotografía que conservaba de su marido, realmente un calco, en piel blanca, del joven que estaba frente a ella.

Al otro se le salieron los ojos de las órbitas.

– ¡Mi padre! –exclamó–. Pero esta fotografía no es suya, señora.

–Este hombre es don José Dobao Oubiña, mi marido.

El joven no podía dar crédito a las palabras de aquella mujer.

– ¡Cómo ha podido usted llevarse la foto!

–Es mía, ya se lo he dicho: soy la primera... la verdadera esposa de este hombre.

–Pero usted está equivocada, señora. Su esposa era mi mamá.

Y con un gesto de su mano la invitó a sentarse mientras dejaba sobre el mostrador el bote de detergente.

– ¡Mamá, mamita...! –gritó, desapareciendo de la sala y dejando a oscuras a Belarmina, rodeada de mesas y sillas vacías.

Su corazón latía con fuerza, como si abrigara el temor de encontrarse con el mismísimo fantasma de su marido.

Transcurridos unos minutos, de lo que parecía ser la cocina empezaron a salir negros y mulatos de todas las edades, interesados en saber quién era aquella señora extranjera.

Belarmina se temió lo peor, pero el griterío cesó en el instante en que una anciana irrumpió lentamente en la sala, se acomodó en una silla frente a ella y tomó su mano, tranquilizándola. Con un gesto, mandó abrir las ventanas a uno de los chicos. Crujió la madera y rechinaron los pasadores, permitiendo que la claridad del día penetrara en la estancia levantando una nube de polvo a través de la cual la cubana leyó cada centímetro de la piel visible de la dama forastera, intentando acaso desentrañar la belleza borrada por las arrugas y deformidades de la edad.

—Mirad, hijos míos —dejó escapar su vocecita como una flecha hacia el corazón de la otra—, esta señora es la legítima esposa de vuestro padre, se llama Belarmina.

Y añadió, tras una pausa:

—Yo me llamo Alicia, señora. Y le juro que no me hubiera casado con José de haber sabido que tenía una esposa en España. Había otros muchos hombres solteros y más guapos —esbozó una sonrisa, sin dejar de acariciar la mano de Belarmina, entre las suyas-. Me lo confesó en su lecho de muerte.

De un ángulo en penumbra junto a la puerta interior que daba acceso a la sala llegaron, como multiplicados por el eco, unos sollozos sin duda infantiles, se diría que la confesión tuviera lugar en un templo.

–No imaginaba que habría de conocerla. Pero me alegro: yo quise mucho a José, y creo que usted también, señora, a pesar de lo que dijeran esas cartas con las que mi esposo quiso excusar su imperdonable conducta.

Una niña saltó entonces del grupo y ofreció a Belarmina, atadas formando un paquete, las misivas que ella enviara años atrás.

–Yo aprendí tarde a leer los papeles, señora, pero sé que nuestro José nunca supo leer el corazón de una mujer –Alicia frunció la nariz y al instante dos de sus nietos volaron a la cocina, probablemente en busca de algún refresco.

La gallega hizo amago de levantarse, incapaz de seguir con la escena. Pero la cubana la detuvo, sujetando con fuerza su mano:

–Puedo imaginar, señora, cómo se debe sentir usted ahora, pero, por favor, comprenda que ésta es mi casa, y es usted la que ha venido a visitarnos, de modo que mi deber es presentarle a mis hijos y a mis nietos. Dicho lo cual, los presentes formaron en fila, como si se tratara de una parada militar. Y Alicia, la viuda negra, presentó, uno por uno, los miembros de la familia a Belarmina, la viuda blanca.

Hubo abrazos, besos, alguna sonrisa. Y en mitad de la ceremonia, unos turistas entraron en el local tras sus enormes cámaras fotográficas, lo que contribuyó a relajar definitivamente el ambiente.

—Está cerrado, señores —trinó Alicia, usando no obstante un tono más autoritario. Acto seguido, se ejecutaron algunas órdenes relativas al servicio del almuerzo, delicioso y muy colorista, un auténtico almuerzo cubano.

Con el estómago lleno, la conversación fluyó de forma más desahogada.

—No puede regresar sin verlo, Belarmina. El cementerio está ahí mismo. Eduardito, el menor de mis nietos, irá con usted —entonces el rostro de la anfitriona se iluminó como una bombilla—: ¿Se quedará unos días con nosotros? Claro que la casa no es tan cómoda como un hotel...

Belarmina quedó gratamente sorprendida por el ofrecimiento, pero en seguida recordó que Alicia se beneficiaba de las ayudas de la Xunta, a través del Centro Gallego, aun sabiendo que no era la esposa legítima. Sin duda se trataba de una buena madre y abuela, pero era también una mujer de carácter, protectora e interesada.

—Es usted muy amable, Alicia, pero lo que me trajo aquí está muerto y enterrado. Sí que agradecería que Eduardito me acompañara ahora al cementerio. Me gustaría despedirme de José —dijo llevando su mano al bolso, donde guardaba el paquete de cartas.

Belarmina abandonó la casa con cierto pesar, ya sentía un aprecio por aquella familia, y la sola presunción de que nunca volverían a encontrarse le resultó deprimente.

VI

La luz del sol hirió sus ojos, recordándole que se hallaba en el Caribe, por un momento imaginó a sus compañeros de viaje refrescándose en la piscina. Despertó de la ensoñación con la vista fija en los pantalones cortos de Eduardito, que avanzaba con la determinación de un atleta hacia el cementerio donde yacía su abuelo.

Poco después descubriría una exhibición de esculturas y panteones que hablaban de esplendores pasados y de gallegos con un hondo deseo de ser enterrados suntuosamente. La tumba de José lucía unas espléndidas columnas de granito y una estatua del apóstol Santiago con su báculo y su concha. La anciana creyó encontrarse en el cementerio de su parroquia, donde tampoco faltaban monumentos funerarios parecidos.

Entonces se acercó a la losa y observó, a un lado, resguardada en una pequeña hornacina, la misma fotografía coloreada a mano que ella conservaba de José, donde aparecía joven, tal como ella lo conoció y lo recordaba,

vistiendo su traje de boda. Durante décadas
alivió su soledad mirando aquella fotografía,
así como la que luego les hicieran juntos, ya
casados.

Belarmina deseó entonces quedarse a solas
con su marido, abrazó al chico y le besó en la
mejilla, antes de mandarle corriendo para
casa.

Luego volvió los ojos hacia la lápida:

—No sé si todo hubiera sido diferente de haber sabido leer y escribir, José —dijo, o acaso
pensó, tomando las cartas—, no sé si estando
tú tan lejos no hubiera igualmente buscado
el consuelo del párroco, si no me hubiera dejado aconsejar por él, pero yo no te aban-
doné. Sólo tú rompiste la promesa, cuando
conociste a Alicia, y ni siquiera tuviste el valor de decirme que habías dejado de que-
rerme. Y en la aldea, tú lo sabes, cuando a
una recién casada le pasa lo que a mí, los
hombres empiezan a perseguirla con malos
pensamientos. Y una, que es honrada y fiel
a un marido que no ve ni siente, ha de soportar el acoso y los comentarios de todo el
mundo... ¡Ay!, José, sólo me ayudó mi con-
fianza en que volveríamos a vernos y que durante unas horas todo sería como antes. Y ya
ves, ahora te encuentro tumbado y descom-
puesto. La vida tiene estas cosas. Primero te
quita a un marido, que encuentra en una
isla remota su lugar en el mundo, y luego se
sirve de esa misma isla para devolverte lo

que era tuyo... Es verdad, José, mírame: por fin soy una viuda como Dios manda, una mujer libre.

Belarmina acompañó estas palabras con la señal de la cruz, y luego metió las cartas dentro de la hornacina. No dejaron escapar sus ojos una sola lágrima.

Minutos después tomó un taxi y regresó en silencio al hotel, donde sus amigos la esperaban con gran expectación. Al parecer había caído una enorme bola de hielo sobre la pista de tenis. Sólo cuando reparó en el cigarrillo que colgaba de la temblorosa boca de Abelardo, recuperó la voz Belarmina:

– ¡Pues juguemos a las cartas!

UN GALLEGO LLAMADO CARAJITO

Carajito, como ustedes habrán adivinado, no es nombre ni apellido, sino un apodo que en la isla de Cuba se aplica habitualmente de forma cariñosa. Alfonso Cortiñas Lameiro se convirtió en Carajito al poco de llegar a la isla desde su Esgos natal (con lo puesto y su rueda de afilar). Le puso el mote una mulata sandunguera que vendía sombreros por las calles, y Carajito le quedó para toda la vida. Tenía entonces, como ahora, la edad de Castro.

Mucho ha vivido este gallego, muchos hechos y personas han quedado fijados para siempre en su memoria. Pero si tuviéramos que elegir un episodio trascendente en su vida, nos quedaríamos sin duda con el paso del régimen de Batista al de Castro. La revolución lo pilló trabajando, a pie de rueda, y por no ser nativo, le tocó trabajar doble y por las gracias.

Carajito mantiene tan viva la escena que, ya viejo para el trabajo ambulante, la explica todos los días a los turistas que visitan el Centro Gallego con más curiosidad que prisa. Los atrae con unos tacos de jamón, y luego se suelta:

Estaba yo un día por Sierra Maestra tirando de la rueda por los caminos, en busca de clientes, cuando de repente oigo un grito, como si me llamaran.

¡Eh, tú!

Era un sargento del ejército de Batista.

Como la llamada me sonó a orden, empujé la rueda y llegué hasta el individuo de uniforme, ¡con lo poco que me gustan a mí los uniformes! Me dijo que lo acompañara, que tenía un trabajo para mí que sería reconocido como un importante servicio a la patria cubana. Llegamos a un cuartel, allí me condujo a un almacén mal iluminado, me enseñó una montaña de machetes y bayonetas y me dijo que ya podía empezar a afilarlo todo sin tardar, que a la mañana siguiente había que cortar muchas cabezas.

Así que me pasé el día y la noche dándole a la rueda y afilando aquellas armas. Algunas de ellas, por lo oxidadas que estaban, debían de proceder de la guerra del 98.

En todo ese tiempo sólo entró un soldado para dejarme una escudilla de frijoles y un vaso de agua. Yo soy hombre tozudo y de pundonor, y mira por dónde, me propuse acabar bien aquel trabajo, y lo hice.

A las seis de la mañana, cuando el corneta tocaba diana, apuraba yo el afilado del último machete; y cuando el sargento entró en el almacén, quedó admirado del trabajo, me abrazó y me dijo que la patria agradecía mis servicios, y que ya podía largarme, antes de que empezara la batalla.

De pagar no dijo ni palabra, y yo, la verdad, tampoco creí oportuno sacar el tema. Traspasé de nuevo la pesada y maciza puerta del cuartel y dirigí mis pasos sin rumbo fijo.

Sólo tenía ganas de dormir diez horas seguidas.

Pero quiso el destino que la nueva jornada fuera para mí tan o más laboriosa que la anterior. No llevaba recorridos un par de kilómetros cuando oí otra voz que gritaba:

¡Tú, gallego, ven aquí!

La verdad es que me resultó simpático lo de gallego y enfilé con la rueda hacia quien me había llamado.

Esta vez no era un uniformado de Batista, sino un barbudo vestido de militar camuflado. El barbas me dijo que no abriera la boca y que me limitara a seguirle, que en un pequeño claro del bosque tenían ellos un montón de mosquetones con bayonetas necesitadas de afilado. Ni me dijo quiénes eran ellos ni yo pregunté; pero como no soy tonto, en seguida pensé que se trataba de los insurrectos a quienes el sargento quería cortar la cabeza. No sé si la cabeza, pero las barbas, con el afilado que les había dado, juro yo que sí las podían afeitar de un solo tajo.

Me llevaron hasta una cabaña en medio de la espesa vegetación y allí me recibió otro barbudo, sin duda el jefe, un tipo muy alto que hablaba como si siempre estuviera dando órdenes, no tenía que mirar al suelo para saber que pisaba firme, era un verdadero líder, se llamaba Fidel, luego supe que se trataba del comandante Castro. Para mí, un hombre que te ponía a trabajar sólo con mirarte y aún te sentías agradecido por obedecerle. Aunque hoy, cuando pienso que ni el chusquero de Batista ni el barbudo revolucionario me dieron un solo céntimo por mi trabajo, se me enciende la sangre; pero también es verdad que guardo en mi memoria el recuerdo único de haber contribuido a la revolución castrista y a su intento de aplastamiento por parte de los de Batista. Pocos podrán decir algo parecido.

Pero no perdamos el hilo: cuando pensé que el fornido barbudo me iba a señalar un montón de armas para afilar, resulta que se descolgó con varias preguntas que me desconcertaron: que si era gallego, que de qué parte de Galicia, que cuánto tiempo llevaba en la isla y si tenía ideales revolucionarios. A las tres primeras preguntas respondí telegráficamente, pero callé ante la última.

El hércules cubano me lanzó una mirada socarrona y creo que pensó que yo era más de Batista que de los suyos. A mí todo aquello me importaba un pimiento. El caso es que me dijo que él también llevaba sangre gallega, que su padre le hablaba siempre de la patria chica, que le gustaría conocer la tierra de sus mayores y que cuando hubiera vencido la revolución y los hijos de puta de Batista estuvieran bajo tierra, visitaría la aldea de sus padres, tanto si Franco le daba el visado de entrada como si no.

Yo no contesté nada y me limité a preguntarle dónde estaban los cuchillos para afilar, que le iba a hacer un buen trabajo y que le deseaba la mejor suerte.

Al Comandante se le acabó la nostalgia, me llevó a un barracón, abrió la puerta y me mostró varios cientos de machetes, la mayor parte oxidados. Y ahí me tienen, dándole al pedal de la rueda, una, cien, mil veces, afilando hoja tras hoja durante doce horas seguidas. En medio de la faena, entró otro barbudo y me ofreció un trago de ron de caña. Excelente, aunque prefiero un buen vinito. Cuando acabé el trabajo, fui directo al barracón del Comandante y éste me dio las gracias y cariñosos saludos para Galicia, como si yo fuera a volver al día siguiente a mi tierra, ¡manda carallo!

Pero así fue cómo, en cosa de unas horas, entré en contacto directo con los dos bandos, aunque entonces no le di importancia: pensé que había sido casualidad y que sólo podría beneficiarme.

Pues vaya un beneficio: cuando triunfó la revolución, me incautaron la casa en nombre del pueblo, como si fuera un marqués. Fue entonces cuando se me quedó la idea de que quizás no tenía que haber hecho tan bien mi trabajo con esos barbudos que ahora me hacían la gran putada.

Pero, como decía mi abuelo, que era un sabio, la necesidad agudiza el ingenio, y cuando me vi tan mal, lo primero que se me antojó fue volver a España. Aunque descarté la idea porque yo era un prófugo, y seguro que Franco aún tenía mi ficha y me largaba un juicio militar.

Sin embargo, tenía claro que debía salir de la isla como fuera; así que, empujando mi rueda, me dirigí al puerto de La Habana, porque en esos primeros y confusos momentos de la revolución el tráfico naval estaba abierto. Vi un barco que estaba a punto de zarpar y, aunque no sabía adónde iba, me bastaba con saber que se largaba.

Subí y di la excusa de que me había llamado el jefe de cocina para afilarle los cuchillos. Y una vez en cubierta, me las arreglé para camuflarme entre unas cajas de pescado cuyo olor me produjo náuseas, y también morriña. Pero lo que tenía que ser mi salida definitiva del infierno revolucionario quedó en nada porque, a pocas millas del puerto, una lancha militar abordó el barco y otro barbudo vestido de verde, tras abroncar y esposar al capitán, ordenó el regreso a tierra.

Yo no soy ni he sido nunca hombre de ideas políticas, pero no soy tonto ni ciego, y por eso me di cuenta de que, con el triunfo de la revolución, algo muy importante había cambiado en la isla. Cuando llegué por vez primera a Cuba, tuve en seguida la impresión de que aquello era lo mejor del mundo, tierra de vicio y pecado, con mucho lujo, mujeres hermosas, coches como en las películas americanas y anuncios luminosos por todas partes. Pero pensaba que encontraría un país de negros y mulatos, y vi que quienes mandaban eran los cubanos más claritos y, sobre todo, los americanos del norte, esos lo dominaban todo. Es como si los mulatos y los negros vivieran aparte; mejor dicho, por debajo del mundo de los blancos. Yo sólo los veía fregando platos, de limpiabotas o de carboneros. A mí eso no me parecía ni bien ni mal. Lo único que digo es que me sorprendió esta separación entre unos y otros. Ahora bien, he de decir que no tengo nada contra los negros y que nunca les he odiado ni les he tenido miedo. Claro que yo circulo siempre con mi rueda y un buen cuchillo por lo que pueda pasar, porque lo cierto es que algunos de esos negros tienen una cara espantosa. Pero no he sido nunca racista, a diferencia de otro paisano amigo mío que tenía un restaurante y que empleaba a una docena de negros, a los que tenía metidos día y noche en la cocina, sin dejarles asomar la jeta por el comedor. Les daba para comer las sobras de sus selectos clientes, y les permitía dormir en la cocina sobre unos sacos rellenos de hojas de caña. Eso sí que estaba feo. Ya digo, a mí los negros, ni frío ni calor; pero, eso sí, cada uno en su casa y Dios en la de los buenos cristianos, como decía mi abuelo el sabio.

Y sigo ya con mi historia. Recién desembarcado, me dirigí al restaurante Apóstol Santiago, el de mi amigo, el que tenía los negros en la cocina. Y, mira por dónde, se diría que me estuviera esperando; sólo verme gritó:

¡Ay!, Carajito, por culpa de tanta revolución me he quedado sin mi restaurante; y tú vas a perder la rueda y lo vas a perder todo, a no ser que te nombren Afilador Oficial del Pueblo.

Cogí la rueda y seguí mi camino, visto que allí no tenía nada que ganar. Pero resulta que ese mismo día y a lo largo de los siguientes me topé con un montón de gallegos, como si también mis paisanos hubieran salido de debajo de las piedras. Era un placer poder hablar nuestra lengua pero de trabajo, nada de nada. Desde luego, por ese camino no iba a levantar cabeza.

Entonces decidí meterme en la boca del lobo, y me uní a las filas del Ejército Rebelde. Y a los tres meses era ya el camarada Carajito. Aunque mis funciones quedaban reducidas al trabajo de afilador, esta recuperación de mi oficio me sirvió, ante todo, para recobrar mi casa, y después, mientras iba afilando machetes, cuchillos y útiles de cocina por los cuarteles castristas, para ir haciéndome con un mapa de la situación.

Lo que más me fastidiaba es que, por mucho que dejaba de afeitarme, los pelos de la cara no se me poblaban ni nada. Tantos años con la cuchilla y ahora nada menos que la Cuba de Fidel demostraba la estupidez de mi esfuerzo.

Mi amigo, el del Apóstol Santiago, siguió mi ejemplo, ingresó también en el Ejército Rebelde y así pudo mantener su negocio, aunque ahora tenía que repartir las ganancias con sus empleados negros, cosa que no pareció molestarle, de hecho daba gracias a la Revolución por haberle abierto los ojos. La verdad es que vio la oportunidad de medrar en esto de la política.

Pero muchos paisanos seguían sumidos en la desesperación, y a mí me daba mucha pena. No querían oír hablar de afiliarse, y yo no veía otra salida para ellos.

Un día, un oficial que me dio a afilar el sable me confesó que eso de las colectivizaciones no iba bien. Lo que habría que hacer, dijo, es impulsar aquí cooperativas, ése es el futuro. Yo no sé si era el futuro o no, pero a mí me dio una idea de por dónde podía yo pasar con mi rueda a la mañana siguiente.

Ni corto ni perezoso, me personé con mis incipientes barbas revolucionarias en el Ministerio de Comercio con intención de ver a alguno de sus responsables.

Apareció el subsecretario, que al parecer era nieto de gallegos, pero ello no me ayudó mucho, de hecho me dedicó tal cara de pocos amigos y menos paciencia que me obligó a relatarle, y ahí fue la primera vez que lo hice, pero Dios y ustedes saben que no sería la última, mi encuentro con Fidel en plena revolución; entonces sus ojos se llenaron de lágrimas, me abrazó y atendió con gran interés mi sugerencia de cooperativizarme con otros gallegos, aunque, claro está, añadió que eso debía consultarlo con funcionarios de mayor rango, que tenían la última palabra.

Un mes más tarde se constituía la Cooperativa Revolucionaria de la Gastronomía Gallega.

Y la verdad es que fue bastante más difícil convencer a mis paisanos y amigos de que participaran en esta aventura, y casi se va todo al traste, porque la miseria no los apretaba tanto como la rabia.

¿Y tú qué sacas?, fueron las palabras más leves que me dijeron. Y la verdad, yo sólo quería seguir con mi trabajo, no iba a pasarme la vida metido en los cuarteles.

Y lo logré. Volví a las calles y a los caminos. No les engañé, claro que no. Jamás en la vida engañé a nadie que no lo mereciera.

LUNA DE MIEL EN LA HABANA

I

Conocí a Nano en Compostela, me invitaron a participar en un debate sobre Cuba debido a mi condición de empresario. Me sorprendió que un hombre tan joven hablara de la realidad isleña con tal claridad de ideas, aunque todas dentro de la ortodoxia. Al acabar la charla, le invité a una copa y conversamos. Yo hablé poco, la verdad, le confesé mi interés por las condiciones de la colonia gallega en Cuba; eso le estimuló a contarme su historia, o la de sus padres.

Nano era hijo de un médico gallego que, allá por los años setenta, ilusionado por los logros de la revolución cubana, y convencido de que la medicina que se practicaba en la isla era la más social del mundo, desoyó buenos y malos consejos y se apuntó a unos cursos en el Hospital Nacional. Pero lo que en principio tenía que ser un fugaz viaje de estudios, acabó por convertirse en una nueva vida. Porque el joven médico se enamoró de una hermosa doctora cubana que trabajaba en el hospital. Y a las pocas semanas de estar en la isla, el doctor Fernández ya no sabía si estaba fascinado por las curas de la sanidad socializada o por los mimos de su recién estrenada novia.

Acabado el curso, supo por boca de su amante que estaban esperando un hijo.

Tomó la noticia como una bendición del cielo, y decidió quedarse en Cuba. Y así nació un niño fuerte y sano, anuncio del joven atractivo que años después compartiría unas copas conmigo, nuestro Nano, Armando Fernández, buen estudiante desde chico, buen deportista, dotado para el béisbol, y buen comunista.

Luego sus padres se divorciaron. Cada cual siguió con su vida, eso sí, compartiendo a Nano y algún que otro momento de pasión, hasta el día en que al chico le llegó la edad de ingresar en la universidad.

Estudió Economía, porque creía que esa era la disciplina desde la que mejor podía ayudar a su país. Tan brillante fue su trayectoria académica y tan imparable su paralela ascensión política que lo nombraron vicepresidente de la Federación de Estudiantes Universitarios, cargo que le valió por lo menos ese billete a Santiago de Compostela para intervenir en el debate que nos reunió.

Acabada la historia de su vida, las tapas y las copas, nos despedimos para siempre. O eso creía yo.

A los pocos meses, la vida me jugó algunas trastadas: un accidente de coche, una larga y penosa convalecencia, la quiebra de mi negocio, y también, como para compensar, un matrimonio revitalizador con mi abogada especialista en «desórdenes económicos», como los suele llamar.

Afortunadamente para mí, la idea de pasar una luna de miel habanera entusiasmó a Eva. Y debió ser por mediación de alguna antigua deidad (pues no soy un hombre de suerte) que se diera el singular capricho de que la primera tez cubana que mis ojos reconocieran en el aeropuerto de la isla fuera precisamente la del bronceado rostro de Nano, a quien identifiqué entre carcajadas.

Él se me quedó mirando entre dubitativo e inseguro. No me recordaba, aunque debía sospechar que nos conocíamos, que en alguna ocasión habíamos sido debida o indebidamente presentados. Me dirigí a él y le activé la memoria: evoqué nuestra charla en Compostela, le pregunté por sus padres.

—Tengo otro hermano, de nuevo viven juntos —sonrió por fin, alzando la cabeza sobre mi hombro y explicándose a continuación, en tono más discreto—. Espero a una señora, una farmacéutica, coruñesa por cierto, a la que debo acompañar durante su estancia en la isla. Trabajo como guía turístico —su sonrisa ahora me pareció más forzada—... Pero podríamos vernos esta noche, en la Bodeguita del Medio, si quiere usted.

—Mejor no podía comenzar nuestro viaje —le dije excitado a Eva, camino del hotel.

Ella me reprochó que no le hubiera presentado a mi apuesto amigo.

—Es que todo resulta un poco extraño —confesé ahora a la defensiva—: la imagen que me

53

había formado de Nano era la del típico joven de fuertes convicciones revolucionarias, estrictos principios y coherente itinerario vital y político. Y, claro, ver que va ganándose la vida por las calles...

– ¿No se ganan así la vida en Cuba, como en España? –interrumpió ella aún molesta.

–Bueno –contesté–, no los embajadores de la causa.

Como es propio de los matrimonios noveles, arreglamos nuestras diferencias sin usar de más palabras, tras despedir al botones.

Y acabamos la tarde, movidos probablemente por algún duende freudiano, visitando el cementerio de Colón, famoso por albergar tumbas y mausoleos de un gran valor artístico y que, según los cubanos, es mucho más importante que el de Chacarita, en Buenos Aires. Puede ser, pero nosotros lo encontramos en un estado deplorable, con las puertas de los mausoleos abiertas y con las lápidas rotas. Eso sí, saltaba a la vista que había sido un cementerio de ricos.

Plenamente satisfechos, nos encaminamos sin prisa hacia la Bodeguita del Medio. Nano nos dio un plantón de una hora. Matamos ese tiempo tomando un mojito tras otro. Y ya estábamos medio achispados y casi convencidos de que nuestro amigo habría encontrado mejor plan, soltero como debía seguir siendo, cuando le vimos aparecer por la puerta del local, sonriente y con los brazos abiertos para abrazarme. Esta vez le presenté a mi mujer:

—Nano, Eva; Eva, Nano.

—Es usted muy bella, señora —dijo besando su rostro despacio, con dulzura. Sabía tratar a las damas, el cubano.

Se apresuró a explicarnos que había tenido que acompañar a su cliente farmacéutica al hotel porque estaba agotada. Nos dijo que le había propuesto que cenara con nosotros en la Bodeguita, y que ella le había contestado que no había venido a Cuba para salir con gallegos.

Mientras degustábamos el enésimo mojito, nos sorprendió quejándose de que gastarse los dólares en una cena era una barbaridad, que creía que el dinero —sobre todo si era made in usa— se había inventado para otra cosa.

No conseguí imaginar a qué otra cosa podía referirse, pero opté por no llevarle la contraria, había bebido más de la cuenta y sólo quería cenar, tenía un hambre de lobo. Me dejé aconsejar por su experiencia de nativo y pedí un primer plato de judías negras y un segundo de marisco, unos camarones de mayor tamaño que los de Galicia, aunque menos sabrosos. Él pidió lo mismo, pero ni se acabó las judías ni probó los camarones, supusimos que por llevar la tripa llena. De modo que yo mismo despaché sus platos, mientras mi mujer me susurraba que nuestro invitado caía en una especie de tristeza, mirada ausente, boca cerrada. Y a los postres, que para mí fueron un surtido de ricos y dulces helados, se lanzó a hablar de nuevo: nos confesó que ningún cubano estaba acostumbrado a los excesos en la mesa, que él no era una excepción, y que si cenaba más de lo habitual, sentía fuertes retortijones, como si le clavaran alfileres en el estómago.

Le aflojé un fajo de dólares y me quedé con la conciencia tranquila. Pero me quedó la sospecha de que su tristeza se debía menos a las penurias diarias, no en vano él trabajaba en un sector boyante, que al no haberle podido hincar el diente a aquel suculento menú. Quedamos para almorzar juntos unos días más tarde.

II

A la hora y día acordados, Nano apareció en el hall del hotel vestido como un auténtico figurín: pantalones blancos de lino, polo color marfil, y pañuelo y zapatos a juego. Se apresuró a revelarnos que su farmacéutica le había regalado la ropa. Parecía encontrarse de mejor humor.

Nos condujo a un paladar privado, se diría

que semiclandestino, porque la puerta estaba cerrada. Nano, con toda naturalidad, sacó una llave del bolsillo y abrió como si aquella fuera su casa. Nos sorprendió que tras aquella fachada ruinosa apareciera un interior tan lujoso: había lámparas de lágrimas por todas partes, muebles de estilo colonial, vitrinas abarrotadas de las más increíbles miniaturas, sin olvidar mullidos y aparatosos sofás en los que reposaban docenas de muñecas de porcelana con sus vestiditos de terciopelo y organdí.

Las paredes estaban abarrotadas de cuadros sin duda de gran valor artístico, con escenas de pesca, bodegones; todo ello acompañado de una especie de rumor que procedía del sinnúmero de relojes de péndulo que funcionaban perfectamente sincronizados. Nano explicó que aquellos relojes eran lo más valioso de aquel paladar y que alguno tenía esfera e incrustaciones de oro. La verdad es que tanto lujo me deslumbró al principio, pero Eva no tardó en alertarme del desorden funcional de aquel conjunto, de la «falta del toque aristocrático», dijo, más parecido finalmente a un almacén que a un palacio señorial. Nano se apresuró a comentarnos que aquel local era ahora paladar, pero que en su día fue residencia de una de las más importantes familias cubanas.

Entre tanta distinción, no faltaba la presencia humana acorde con el escenario. En una mesa, dos viejas señoras vestidas igual que las muñecas de porcelana que reposaban sobre los sofás. En otra, una pareja de japoneses completamente occidentalizados troceando una suculenta langosta cuyas antenas parecían un florero en el centro de la mesa. A su lado, un comensal solitario: un cubano muy bien vestido que parecía también de otros tiempos.

Las mesas estaban atendidas por un hombre y una mujer de finos modales que, en cuanto vieron a Nano, lo saludaron con la mayor cordialidad, invitándonos a ocupar una mesa en un discreto rincón del comedor. No tardaron en servirnos el primer plato, que había encargado Nano. La camarera se presentó ante nosotros con una enorme sopera de alpaca o metal pulido.

A nuestro guía le faltó tiempo para musitarnos que se había acostado con la camarera, «que aún está loquita por mí», sonrió. A Eva no pareció divertirle el comentario y le castigó con un «seguro que todos los de aquí presumen de lo mismo». No sospechaba Nano cómo las gastan las gallegas últimamente con el tema del machismo, acostumbrado a tratar con ellas sólo de asuntos comerciales.

Poco después, la supuesta ex amante de Nano depositó en la mesa una bandeja atiborrada de langostas.

Los crustáceos estaban sosos, nada que ver

con el fuerte sabor marino de nuestros mariscos. Por eso había que complementar el plato con diversas salsas, y acaba uno comiendo cualquier cosa menos langosta.

Vacía la bandeja, fue sustituida por dos fuentes; una con plátanos fritos y otra con arroz con leche, digno colofón de aquel banquete.

De pronto Eva nos alertó de que estábamos solos; «tal vez deberíamos pedir la cuenta». Pero esta circunstancia fue interpretada de otro modo por el personal del restaurante, que, en la figura de la dueña, una voluminosa cubana de edad avanzada, se acercó a nosotros, saludó a Nano y, con toda naturalidad, se sentó a nuestra mesa.

En seguida nos sirvieron unas copitas de ron, y la mujer habló sin recato de sus problemas económicos, políticos y morales.

—Es que Cuba está cansada. Fidel está viejo. Yo estoy vieja. Y créame, cada vez es más difícil ganarse la vida honradamente...

Eva terció entonces:

— ¿Y este aire de secretismo, como de paladar clandestino?

—Eso es para darle encanto, como la salsa de las langostas, señora, o esta cubertería de plata, que no se come pero que adorna; no todos saben apreciar esas cosas, que también se pagan. Pero no estará usted más segura en ningún otro sitio, ni estará mejor servida.

En una cosa no nos engañó: la cuenta resultó descaradamente abultada. Pero como Nano quizás cobrara comisión, la di por bien abonada.

Una vez en la calle, nuestro guía decidió que ya estaba bien de edificios singulares y que era el momento de mostrarnos cosas más típicas de la ciudad. Eva protestó:

—Si no hemos visto nada...

Desde luego, sus decisiones parecían tomadas más a la medida de sus intereses que de nuestros gustos, pero yo aplaqué los ánimos de mi mujer. Tal vez al final de la jornada no sabríamos mucho de los monumentos de la capital cubana, pero comenzaba a intuir que aprenderíamos bastante acerca de sus gentes.

A través de un laberinto de calles invadidas por turistas, un bici-taxi conducido por un forzudo mulato nos acercó a una plazuela, detrás del Habana Libre, ocupada por un mercadillo lleno de sabor caribeño.

Desde los tenderetes o desde el mismo suelo se ofrecían objetos de toda clase, como siempre en estos casos de procedencia más que sospechosa. Nano apenas abrió la boca, pero el escenario hablaba por sí solo: pude ver desde boinas modelo Ché, a guayaberas, tejanos supuestamente made in usa, cinturones, insignias de la revolución, artesanía en madera y, en medio de todo ese batiburrillo, cuadernos con discursos del Comandante y obras de Lenin publicadas en la antigua URSS, en castellano, para el adoctrinamiento de las masas caribeñas...

De pronto observamos que Nano se retiraba discretamente y cambiaba algunas palabras con dos jóvenes mulatos, mirando su reloj. Creo que Eva también captó la escena, pues nunca antes la había visto tan indiferente al comercio convencional. Pero lo cierto es que ambos nos mostramos discretos incluso ante nosotros mismos, y observamos cada cual desde su propia óptica.

Entonces comenzaron a aparecer turistas de piel sonrosada y con gafas de diseño, pero vestidos como los cubanos, que casualmente tropezaban con Nano. Luego uno de los mulatos venía con un paquete, el falso cubano sacaba un fajo de dólares y se lo pasaba discretamente a nuestro guía; éste se los entregaba a otro mulato, que echaba a correr mientras la misteriosa caja cambiaba de manos y el turista se largaba plenamente satisfecho... Sin duda se puede conseguir de todo en La Habana: cartones de rubio americano, drogas... Cuando el turismo hace circular los dólares, aparecen todos los vicios imaginables.

Pero en el momento en que comenzábamos a saber quién era quién en aquel escenario, Nano apareció a nuestras espaldas y nos invitó a subir al bici-taxi y a continuar hasta el barrio del Vedado, algo lejos del centro y mucho más tranquilo que el medio zoco que acabábamos de visitar.

Nano hizo parar al fornido ciclista delante de una destartalada nave que, en su día, debió de ser un almacén. Nos invitó a entrar y en su interior pudimos ver otro mercadillo, acaso de mayor prestigio que el anterior. Me dio la impresión de estar de nuevo en el paladar en el que habíamos almorzado, pero aquí no había mesas ni camareros y sí unos policías que vigilaban continuamente el movimiento de los curiosos. Nano nos explicó que aquello era un mercado de antigüedades, que en él se podía encontrar de todo y que el Estado, haciendo gala de su eficacia, se comprometía a enviar el objeto adquirido a cualquier punto del planeta.

Nano nos tanteó para ver si queríamos algo, nos señaló una cama bastante deteriorada. Después de ver lo otro, comprar así, tan legalmente, parecía una memez. Pero no se mostró decepcionado. Muy al contrario, nos condujo hacia un escritorio de estilo colonial, luego a una enorme lámpara de araña, un armario de dormitorio... Y cuando vio que no manifestábamos un gran entusiasmo por esos muebles, nos mostró objetos más pequeños: collares, cruces, anillos, pulseras, rosarios, devocionarios con tapas de nácar...

Aquello ya resultaba más curioso. Tanto

Eva como yo nos miramos con gesto de complicidad. ¡Si ahí debían de estar la mitad de las pertenencias que antaño reposaron en el cementerio de Colón!

A estas alturas ya nos sentíamos obligados a comprar algo, sabiendo que Nano se llevaba su comisión. No era tan desinteresado como podía parecer a primera vista nuestro amigo y guía.

Eva se decantó finalmente por un candelabro de bronce. Muy bonito. Y seguramente no había sido hallado en ninguna tumba. Entonces comenzó la típica situación de regateo que yo creía impensable en un país comunista. Tras identificar la pieza de nuestro interés, pregunté su precio a uno de los guardias-vendedores, que seguía continuamente nuestros pasos. Me dijo que la pieza estaba tasada en doscientos dólares. Pero ante la contundente mirada de incredulidad de Eva, se apresuró a añadir que si nuestro presupuesto era más bajo, podía intentar ponerse en contacto con la dueña del candelabro para ver si aceptaba otra oferta.

La verdad es que aquella sugerencia nos hizo dudar: ¿sería cierto que aquellas antigüedades aún tenían dueño con nombre y apellidos y que el Estado hacía el papel de intermediario?, ¿o tal vez aquel arsenal de objetos había sido requisado y puesto en venta por el Estado como una forma más de obtener divisas? Francamente, yo no sabría qué contestar.

Empezaba a aclarar mis dudas con Eva cuando, de pronto, nuestro guardia-vendedor nos dijo que si queríamos volver, al día siguiente se abría el mercado a las nueve, pero que ya eran las seis y se había acabado la actividad en el local. La orden nos extrañó bastante, porque la venta del candelabro iba por buen camino. Sin perder un segundo buscamos a Nano, esperando que nos pudiera echar una mano.

Hablaba con unos guardias, supongo que de asuntos que tenían poco en común con los que trataba con sus amigos del zoco. Indudablemente era un superviviente nato. En seguida captó nuestro apuro y se reunió con nosotros para facilitar la operación. Lo hizo. Pagamos los doscientos dólares. Creo que la herencia latina de los cubanos no es de despreciar.

Pero, para mi desgracia, la compra de aquella pieza resultó un calvario burocrático: uno de los policías me obligó a sentarme a una mesa y empezó a entregarme papeles para que los fuera rellenando con todo tipo de datos personales. Al final yo no sabía si estaba en un mercado de antigüedades o en una comisaría de policía...

Pobre de mí: poco sospechaba que la pesadilla de aquellos papeles se iba a reproducir en el aeropuerto, ya de regreso a Galicia, cuando un policía de aduanas los leyó y releyó, uno por uno, interminablemente. Y lo peor no fue eso. Otros turistas iban cargados con lienzos y otros objetos de más valor, pero como no los tenían certificados, nadie les molestó. En cambio, nuestro dichoso candelabro nos hizo quedar como unos contrabandistas.

Saliendo del almacén, Nano nos condujo a un bar. Creí que iba a largarnos el típico discurso de supervivencia tercermundista, de modo que me llevé la mano a la cartera una vez más, pero tras el primer sorbo de café inició el relato de una extraña historia de amor.

– ¿Sabéis? Yo he tenido muchas novias, pero sólo he amado a una mujer, curiosamente la única que me ignoró. Y es algo que aún no he podido superar, me comporté como un cobarde.

Por un momento creímos que se trataba de la camarera del bar y nuestras cabezas empezaron a girar en su busca; él siguió con su monólogo, ajeno a nuestra superficial reacción.

—Conocí a Olga en la universidad, era una excelente estudiante. Pero tenía una mancha, que le acarreó serios problemas: era católica, y acudía siempre a clase con un crucifijo colgado del cuello. Su madre era una cubana hija de españoles, católica hasta la médula y represaliada por el régimen a causa de sus creencias. Cuando Olga entró en la universidad, se propuso obtener el título de economista con las mejores calificaciones, no imaginaba entonces que también sufriría los problemas derivados de su fe.

»En la facultad, los profesores la trataban con desprecio e incluso alguno se burlaba en público del símbolo de su religión; ella no parecía debilitarse ante esas reacciones y se mostraba aún con mayor orgullo como católica. Un día, harta de tanto comentario, decidió presentarse en el despacho del rector, abrió la puerta sin pedir permiso y le dijo a la máxima autoridad académica que podían examinarla y suspenderla cuantas veces quisieran, pero que al final no tendrían más remedio que otorgarle el título. El rector se molestó y amenazó con denunciarla por desacato.

Por un instante, los ojos de Nano parecieron encenderse, estaba reviviendo aquellos hechos con el mismo coraje que debieron producirle. Eva me miró de reojo, con rostro grave. Yo le devolví un gesto de incredulidad, como diciendo «¿ya sabes dónde está la chica?».

–Recuerdo que ese mismo día llegaba a Cuba un cargamento de ayuda humanitaria enviado por Cáritas Española. Olga me invitó a acompañarla al puerto. Accedí intuyendo que no iba a resultar divertido, pero ella necesitaba probarme, y yo seguramente una buena excusa para dejarla.

»Los descargadores manipulaban las cajas de medicamentos con desprecio y rabia, reconozco que eso me molestó, pero callé. Olga, en cambio, reaccionó enérgicamente. ¿Es que ustedes no pueden soportar que se haga el bien a todos los cubanos desde la Iglesia? ¡Les voy a denunciar a todos por desacato!, les gritó. Tenía retranca esa mujer. Ante tal amenaza, los descargadores empezaron a apilar las cajas de medicinas con sumo cuidado e incluso uno de ellos se ofreció a acompañarnos a la parroquia con ellas. Olga tenía mucho genio, era muy latina, muy perseverante. Logró su título de economista. Aunque le sirvió de poco. Pero continúa con sus tareas benéficas, rezando, esperando...

—Pero ¿está aquí o no? —insistí yo, volteando aún la cabeza.

—No volví a hablar con ella —concluyó Nano, bajando la mirada y reparando en unas manos tal vez demasiado limpias.

Entonces pareció reparar en la hora. Dio un brinco y se apresuró a quedar informalmente para el día siguiente, pues debía recoger a su farmacéutica, lo que a nosotros nos supuso pagar los cafés a que habíamos sido invitados.

A aquellas alturas del viaje, ya empezábamos a comprender que se camuflan múltiples Cubas en el marco de la isla. Conocíamos ya la Cuba del dólar, jalonada de inmensas moles de hoteles, de visitas turísticas en grupo. Habíamos comprobado que un simple botones de hotel conseguía con las propinas una situación económica más desahogada que un catedrático o un médico, y todo por la importancia de la moneda norteamericana en un país comunista. Conocimos también la Cuba de los ciudadanos, la de las colas de racionamiento, la escasez, la resignación y la paciencia. Pero los dos mundos, el del dólar y el de la ciudadanía, no estaban tan separados como uno pudiera imaginar. En esos días vimos a altos cargos gubernamentales desplazándose en modernos y lustrosos automóviles y vestidos con una dignidad inusual en la isla; algo estaba cambiando en el interior del propio régimen, por lo menos para unos pocos privilegiados... Ya sus espaldas comenzaban a multiplicarse los supervivientes al modo de Nano: cubanos nacidos con la revolución, que en su día se beneficiaron de sus logros sociales y estudiaron en la universidad, descubrían, una vez fuera de sus muros, que existe un agente perturbador en el paraíso socialista. Nadie en Cuba puede ignorar la realidad del turismo, que tan hondamente altera su convivencia. Pero, ¿cómo combatirla sin arruinarse, desmembrada ya la URSS?

De la revolución sólo sobrevivía intacta la

idea de que el primer mundo estaba en decadencia, y desde luego el catálogo de apeti-
tos a saciar con el que se presentaban sus
visitantes no parecía contradecir tal enun-
ciado, de modo que aún podían sentirse or-
gullosos de ser cubanos y comunistas, de so-
ñar en un futuro propio para la isla, alejado
del modelo que representaba la frivolidad
que los turistas paseaban altaneramente
por sus calles. Pero el precio a pagar por
mantener esa ilusión era tan alto: corrup-
ción, prostitución, contrabando... incluso
desamor, si habíamos interpretado correcta-
mente el relato de nuestro amigo. Y ¿puede
construirse el futuro de un país sobre tan
frágiles fundamentos?

Comentando estas ideas, Eva y yo nos quedamos dormidos, aún vestidos, abrazados
sobre la cama del hotel.

III

La mañana siguiente nos recibió ya calurosa con un suculento desayuno en los salo-
nes del hotel, donde los clientes podían dis-
frutar de sabores que para los europeos re-
sultan desconocidos y exóticos, como exótica
era también la estampa que ofrecían ciertos
individuos de cuerpo grueso y blando acom-
pañados de las bellezas con las que habían

pasado la noche.

–Tener que montárselo con esos tipejos... ¡qué asco! –escupió Eva sin apartar la mirada del más exhibicionista, que por toda vestimenta calzaba un tanga color carne.

–Es sólo sexo, mujer –sondeé yo.

Por un instante creí que me hacía firmar los papeles del divorcio allí mismo.

A media mañana apareció Nano por la piscina del hotel, seguido de su farmacéutica. Lo cierto es que no supe reaccionar, pero Eva se mostró muy interesada en conocer la dama que acompañaba a nuestro guía. ¿Acaso esperaba descubrir una relación afectiva entre ambos?

–Pensé que podía interesaros lo que íbamos a ver, y como no queda muy lejos de aquí...

No es que la cosa tuviera una gran épica, yo hubiera preferido quedarme en la piscina, pero entre los tres me convencieron de que apartara las nalgas de la tumbona, y Nano se mostró, con mucho, el más convincente. Algo debía tramar, no acabaríamos el día en la farmacia que deseaba visitar su recelosa acompañante, de nombre Lucía, que tan desmedida curiosidad despertó en Eva.

Saliendo del hotel, Nano comentó que esa clase de establecimientos no abunda en la isla. Nos conduciría al más famoso de La Habana Vieja, debido a que en él vendían unas pastillas que eliminan el colesterol y, además, potencian el apetito sexual.

Se trataba de una farmacia lujosa, aunque ya había dejado atrás los mejores años. Las paredes seguían revestidas con madera de caoba, pero ni el mostrador ni las estanterías que guardaban sus escasos medicamentos debieron barnizarse ni limpiarse desde el triunfo de la revolución.

A mi lado, una muchacha con una criatura en los brazos pidió unas aspirinas; la dependienta la ignoró y me obsequió con una amplia sonrisa. Improvisando, rogué que me ofreciera algo para eliminar el colesterol. Sin abandonar la sonrisa, la farmacéutica tiró de un cajón y extrajo varios paquetes. Las pastillas se vendían por unidades, sin caja. Compré una docena. Cuando di media vuelta, vi a Lucía y a mi mujer rebuscando en sus bolsos y regalando aspirinas a la muchacha cubana y piropeando a su niño.

Nano me cogió entonces del brazo y propuso visitar la Universidad, no muy lejos de allí.

El edificio, de estilo neoclásico, tenía algo de fantasmagórico, de palacio decadente. Entre sus muros albergaba la prestigiosa facultad de Ciencias Políticas, donde estudiaban los futuros cuadros del partido y del régimen. Nano saludaba a unos y a otros, y algún profesor le devolvió el saludo con palmadas en el hombro. Desde luego, la isla no ocultaba secretos para nuestro guía. Nos explicó que aquella facultad había sido el más importante vivero de dirigentes castristas.

Pero en seguida observamos que por los pasillos transitaban grupos de hombres que en nada parecían estudiantes: tipos de indudable aspecto anglosajón, otros de aire español, y también alemanes, griegos... Algunos parecían movidos por inquietudes intelectuales, pero los más albergaban sin disimulo expectativas menos elevadas. Lucía comenzó a abochornarse. Y entonces Eva reparó en la clase de relación que existía entre ambos. Su rostro se ensombreció, y tomó mi mano con fuerza.

Nano captó la violencia del momento, al cabo la había forzado él, acercó su boca a mi oreja y me susurró que se despediría de nosotros allí mismo, que ya me había mostrado La Habana que no aparece en las fotos de los catálogos, y que acabase de pasar una buena luna de miel. «Hasta siempre, amigo mío.»

–Señoras –alzó la voz y la sonrisa–, tengo que ausentarme. Acabo de comentarle a su nuevo guía –dijo esto llevando su brazo a mi espalda– que nos veremos en un ratito.

Se acercó a Lucía, estrechó sus manos, luego besó la mejilla de mi mujer, y a mí me guiñó un ojo, desapareciendo entre una nube de estudiantes que avanzaba hacia nosotros. Las dos mujeres quedaron un tanto desconcertadas, no dijeron una sola palabra mientras salíamos a empellones del edificio.

De camino a un paladar, les dije que lo más probable es que no volviéramos a verle.

–Es un hombre de múltiples ocupaciones.

– ¿Pero qué te ha dicho? –se interesó Lucía, sin disimular su nerviosismo.

Eva la observaba ahora con cierta conmiseración.

–Mejor dejemos lo del almuerzo y volvamos al hotel. Me apetece darme un chapuzón.

Y pasamos el resto del día juntos. Pero ya no volvimos a saber de Lucía. Tampoco de Nano, aunque guardo un fuerte presentimiento de que en el futuro volverán a cruzarse nuestros caminos.

L<small>A FÉRTIL VOCACIÓN</small>

Acomodo contento mi pluma al papel para dejar constancia pública de que conocí, podéis creerme, la verdadera y singular naturaleza del Milagro. No os pido todavía, sin embargo, un acto de fe para encarar esta...

Primera parte del relato

Nunca olvidaré la voz de don Elías Acebedo, conocido entre sus feligreses simplemente como don Elías. Estamos hablando del hombre que fue cura de esta parroquia pontevedresa cuya santa patrona tuvo antaño fama de milagrera especialista en estériles, de modo que el día de su festividad acudían ante ella devotos creyentes procedentes de todos los puntos del país.

Había un gran negocio para los vecinos ese día, se cruzaban muchos intereses en cada metro cuadrado de la aldea, que si venta de rosarios, de estampas, de comidas... y ello requería de un líder que aglutinara con firmeza a la feligresía en nombre de la causa común, lo que don Elías hacía estupendamente, no en vano antes de convertirse en pastor de almas había pastoreado ovejas y vacas, como tantos otros hombres de la tierra, además de ser, de ahí el auténtico origen de su autoridad, el responsable del hallazgo de la talla que había salvado a los parroquianos de la emigración, gracias a las milagrosas curaciones que de inmediato le fueron atribuidas.

Se recuerda en especial la primera: una mujer que no podía tener hijos y parió dos de golpe (bueno, después de nueve meses), dada su gran fe. Eso sí, tras breve charla con don Elías, al decir de lenguas descreídas, que añaden que el marido, muy bruto él, de tanto ver a las bestias, equivocaba modo y orificio... que esta clase de asuntos son de mucho retorcer.

El bulo se inspira, como suele ocurrir, en el hecho cierto de que don Elías, sólo desde aquel primer milagro, cómo iba a suponer antes que la talla transmitiera el poder divino de curar, sí observaba un gran interés en conocer los detalles de la esterilidad, si la pareja había visitado antes a curanderos y brujas, pues debía informar con precisión al obispado de los milagros.

Pero sólo de los milagros, que en este caso trataban de nacimientos. Imagínenselo, a finales de la década de los veinte, con escasa higiene pero sin televisión ni anticonceptivos ni nada, que allí nacía todo menos lo que no podía nacer, para lo que ya requerían de la mediación de la santa y del testimonio honrado de don Elías, que, eso sí, con el correr de los años, después de oír tantos detalles, al pobre, que era un bendito, se le debieron ablandar los votos, dando así comienzo la...

Segunda parte del relato

Pero antes de seguir, debemos recapitular un poco. Como es natural, después de aquel primer milagro la vida de don Elías y de sus parroquianos cambió por completo: él, que había llegado a aquella pequeña aldea para ejercer su humilde magisterio espiritual, se convirtió de repente en un administrador de milagros, y más de uno se creyó con derecho a fiscalizarle, en especial los representantes del poder local, no fuera a cargarse el invento, que trascendía ya con mucho los muros de su pequeña iglesia.

El asunto tomó verdadera fuerza el segundo año, cuando ya acudieron peregrinos estériles en busca de su milagro, y está probado que salieron de la aldea más almas de las que llegaron, con lo que el obispado puso su ojo, en realidad mi ojo, sobre el lugar, para observar con discreción. Y Dios sabe que he visto mucho embarazo en parejas que llevaban años con remedios aceptados y no tan aceptados y, de pronto, gracias a su fe, recibían el milagroso regalo, en respuesta a sus súplicas.

El problema se originó cuando, con el correr del tiempo, el meticuloso afán investigador de don Elías lo condujo tan cerca del fuego de la carne que se le quemó un pedazo de su pobre santidad, lo que sólo puede disculpársele en tanto que, como veremos más adelante, no andaba sobrado de una genética muy piadosa, algo que por ese entonces él desconocía por completo, habiendo sido criado a solas por su madre, puesto que el padre, poco después de nacer él, había emigrado a Cuba, como hiciera antes su abuelo y otro tío, y aún era hora de que alguno de ellos dijese esta boca es mía, que también éste parecía un sino de la familia, el de hacer, aunque en sentido inverso, como las anguilas, que nacen en alguna parte del mundo submarino y luego habitan en nuestros ríos, tras larga migración, si no tengo esto mal aprendido.

El hecho, pues, es que un aciago día nuestro buen párroco tomó muy temprano el coche de línea y se dirigió a una villa de Portugal, y allí conoció en propia carne lo que había venido a conocer. Pero ello sucedía el mismo día y a la misma hora que un fabricante textil salía de su habitación abrazado a su pareja y reconocía al pobre sacerdote. Además, para mayor desgracia del abochornado cura, el mencionado fabricante era uno de los caciques locales, y también hermano del alcalde, que estaba quejoso con don Elías porque su mujer, muy devota, le daba un hijo cada año, y la cuenta andaba ya por once.

Los vecinos no perdonaron al pobre religioso su pecado, a pesar de que nunca se supo que embarazara a la señorita que le atendió, pero perdió su autoridad, y cada cual campó al año siguiente a su aire, armándose tal jaleo que tuvo que intervenir el obispo, estableciendo que las decisiones fueran tomadas desde entonces en los despachos del palacio episcopal. Como prueba la posterior decadencia de la parroquia, no fue una medida afortunada, aunque entendí el sofoco de su excelencia, no menor que el de don Elías, que besó el anillo en señal de obediencia y acto seguido pidió que se tramitara su secularización. Si no podía ser pastor de almas, se explicó, colgaría los hábitos y abandonaría Galicia, siquiera temporalmente.

Y, dicho y hecho, a los pocos meses, embarcó hacia La Habana, donde comienza la...

TERCERA PARTE DEL RELATO

Allí confiaba tener aún al resto de su familia: un padre, quizás un tío, incluso un abuelo vivo, en cualquier caso un nuevo espacio desde el que reorientar su vida. No era su interés revelarse de entrada como el hombre de Dios que seguía siendo, aunque hubiese abandonado los hábitos, le bastaba con acceder al calor humano que sólo procura la vida familiar que él nunca conoció, cuando menos directamente. Y también deseaba olvidar estos últimos años de confesiones y confusiones, aunque a nadie se le hubiera antojado que La Habana fuese el lugar idóneo para iniciar una vida retirada.

Apareció por la isla con la única información que ofrecía su apellido, Acebedo, confiando que fuese bastante para localizar a sus familiares, caso de tenerlos. Joaquín Acebedo era el nombre de su padre, por quien preguntó nada más poner el pie en la isla.

Los unos decían que no habían oído hablar de ese señor, los otros que Acebedos había para llenar un par de trenes. El asunto se presentaba un poco más complicado de lo que imaginara durante la travesía. Decidió buscar refugio antes de ponerse a rastrear a su familia con otros medios. Entonces vio a dos críos fumando en mitad de la calle, y se entristeció tanto que les pidió ayuda, a ver si sacaba algo bueno de ellos y Dios se lo tenía en cuenta y les apartaba del mal camino.

—Busco un hotelito para pasar la noche —les dijo.

Los chicos, traviesos como corresponde a la edad, le recomendaron un hotelito que no quedaba muy lejos de allí. El asunto es que así denominan en Cuba a los burdeles, y ya tenemos a don Elías metido de nuevo en una casa de mala nota.

Pero a veces Dios, se sirve de extrañas voces para comunicarnos su voluntad. Y la voluntad del Señor era que don Elías diera con la morada que andaba buscando, que resultó ser esa casa de citas.

De hecho, la muchacha que le atendió creyó toparse con el fantasma de un rejuvenecido Joaquín Acebedo, muerto y enterrado hacía justamente un año. Salió de la recepción como alma que lleva el diablo. Y por la misma puerta entró poco después, vacilante, el actual dueño del negocio, Joaquín Acebedo hijo, hermanastro de don Elías.

Hablaron sin parar toda la noche, a lo largo de la cual don Elías, que ocultó su historia, lo que le traía allí, confesó a las claras su desinterés por el negocio familiar, y añadió también que no se quedaría mucho tiempo en la isla, lo que sin duda tranquilizó al pariente.

Algunos años después de aquel periplo, yo seguí sus pasos, por orden de nuestro nuevo obispo, hasta la isla de Cuba. Di sin dificultad con el hotelito de su hermanastro, que a aquellas alturas ayudaba ya cuanto podía a la Iglesia, preocupado como estaba por salvar su alma. El hombre se alegró cuando supo que don Elías era un apóstol de Dios, y añadió que seguramente merecía que no le confiase esa noticia tan buena para él, yo tampoco quise decir más, luego me comentó que no volvió a verle.

Recorrí la isla de este a oeste, de norte a sur, y no conseguí una sola información que me ayudara a dar con mi querido don Elías, nada. Por lo que a mí respecta, la tierra o el mar cubanos se lo tragaron. Aunque lo cierto es que no puedo levantar la pluma del papel sin añadir un...

Comentario final

Quizás lo único que debería añadir al relato, aunque a modo de sospecha, fueron las palabras de júbilo que llegaron a mis oídos en el mismísimo puerto de La Habana, demasiado tarde ya para seguir la posible pista, a su vez tan inverosímil. Pero si Dios quiso que llegaran a mis oídos, ¿quién soy yo para silenciarlas?

El caso es que ante mí embarcó una simpática pareja mejicana que no paraba de felicitarse por la noticia de su embarazo vacacional; de hecho la mujer hablaba de un verda-

dero milagro, al parecer no habían podido tener hijos antes. La verdad es que tuve que
besar mi crucifijo para mantener la boca cerrada y no inquirirles si habían contado con
alguna ayuda, porque parece inconveniente
que un hombre de Iglesia haga preguntas
que se prestan tan fácilmente al equívoco.

Me agrada pensar, sin embargo, que don
Elías pudo hallar en aquella bendita isla la
manera de reorientar tanto desorden sexual
según el buen entender de la moral católica.
Y la verdad es que ya con eso me conformo,
con saber de la historia lo que hasta aquí he
contado, interesado solamente en testimo-
niar el poder curativo de esa preciosa talla
ante la que de nuevo parecen postrarse los
desamparados de la ciencia médica. Así sea.

UN BUEN FINAL

I

La vida de Braulio Touzón ha sido igual, por lo menos hasta hace unos meses, que la de tantos gallegos del interior, con la diferencia de que la emigración no ha formado parte de la misma.

Braulio nació en la Ferrería, una remota aldea de la comarca del Courel, en la provincia de Lugo.

Hasta los años ochenta, la aldea no dispuso de teléfono ni de luz eléctrica ni de agua corriente, y la comunicación con la capital de la comarca sólo podía hacerse a pie o a uña de caballo; no estaban hechos los caminos para ser transitados por vehículos rodantes de ninguna clase.

Hace veinte años ya se sabía que iba a tardar lo suyo en llegar el progreso a la Ferrería, pero Braulio era paciente o descreído o acaso poco ambicioso y, a diferencia de los demás mozos de su edad, que emigraron tras cumplir el servicio militar, él, corto de talla, gracias a lo cual se libró de vestir de soldado, quedó en casa de sus padres repitiendo la vida de éstos, que a su vez reeditaron la de los suyos, y así hacia atrás, muy lejos, hasta los tiempos de Adán y Eva.

La única diferencia con todos ellos es que no se casó, y eso que ronda ya los cincuenta.

—Es que las mozas también marcharon de la aldea —dice.

—Y ¡cómo iba a ser de otro modo! —le contestan los ancianos que tiene por vecinos.

Siempre ha hecho lo mismo, criar, alimentar y ordeñar vacas lecheras. Sus padres ya le dejaron una docena, a las que él sumó otras tantas, lo que ya supone una cantidad respetable, que otorga a su propietario la condición de ganadero. Sus únicas distracciones, recorrer las distintas ferias de la comarca y alguna que otra visita a Lugo capital para ponerse morado de marisco o para desahogar las pasiones. Siempre lo mismo, igual cuando vivían sus padres que ahora, habitante único de la casa, tras la muerte de su hermana Rosario.

II

Pero una gloriosa tarde baja a la villa a cortarse el pelo y a afeitarse, pues al día siguiente va para Lugo a contentar al diablo, y en la misma barbería ve un folleto de propaganda de una agencia que ofrece un tentador viaje a la isla de Cuba.

Por un instante, Braulio se imagina rodeado de palmeras y chicas en bikini... Y no se lo piensa dos veces: jamás ha salido de su provincia, y a su edad ya no va a cambiar de costumbres, pero después de trabajar como un negro durante cuarenta años bien se ha ganado, claro que sí, unas bonitas vacaciones. Serán las primeras y últimas vacaciones de su vida.

Sólo precisa encontrar a quien le cuide de la casa y las bestias durante su ausencia. Se lo comenta al mismo barbero, y éste, mientras rasura su garganta, le habla de un sobrino suyo que estudia para ingeniero agrónomo.

—Vamos, un profesional, pero de los de verdad, Braulito. Nada que ver con nosotros. Que éste es universitario.

Braulio está decidido. Le hubiera servido hasta un chaval de diez años.

— ¿Qué, y tú no te animas?

El otro usa el dedo anular para taparle la boca mientras la navaja le afeita el bigote, y dice:

—Yo, si voy, no vuelvo.

— ¡Carallo!, cómo se nota que tienes un oficio internacional... Claro, tú con el peine y la navaja ya chutas.

— ¡Así se habla! —sentencia el barbero echándole Floid por la cara y añadiendo:

—Son mil, se ha subido.

—Como todo, no te jode... —y Braulio le deja una monedita de propina.

III

No ha pasado una semana de este diálogo y nuestro hombre ya hace entrega del juego de llaves y da las últimas instrucciones al estudiante de ingeniero, mientras carga en su Toyota la maleta, que sólo volverá a abrirse en el Hotel Nacional, el más lujoso de La Habana, una habitación grande como toda su casa, con vistas al Malecón, aire acondicionado, televisión, mini bar y, lo que más le sorprende, dos camas.

Lo que le recuerda el primer y único objetivo de su visita a la isla: alternar con mulatas, porque para Braulio la estancia en Cuba será algo así como las visitas a Lugo pero con más calor y, sobre todo, con más color, con permiso de ellas, por supuesto.

Por si acaso, lleva en billetes americanos la mitad de los ahorros de toda su vida, que es tanto como decir de la vida de su familia a lo largo de la historia, casi cuatro millones de pesetas lleva repartidos por todos los bolsillos de su americana.

Al poco de instalarse, ya baja a la terraza del hotel, donde le sirven su primer cuba-libre. No parece la bebida más refrescante para esta calurosa mañana caribeña, máxime cuando las mujeres se pasean en bañador ante su viejo pero impecable traje de lana gris. Pero aquí todas son europeas...

De un trago remata su bebida y decide salir del hotel y buscar un bar con más ambiente.

No tarda en localizar un local prometedor. Hay música en vivo, muchos tambores y muchas trompetas. El líder parece ser un negro alto y corpulento que baila mientras sopla su tubo dorado y revisa de arriba abajo a una cimbreante mulata hipnotizada por el frenético ritmo de la orquesta.

Braulio se acoda en la barra y pide cuba-libre de nuevo, mientras atiende al espectáculo.

A los pocos minutos, relinchan las trompetas y la atractiva cubana se da la vuelta, extrae del bolso un cigarrillo, escruta la barra quizás en busca del hombre que pueda ofrecerle fuego, repara en Braulio y se le acerca con una sonrisa clara y ancha como el Caribe.

– ¿Y tú de dónde vienes, mi amor?

Braulio se queda sin habla, sorbe un trago, sorbe toda la copa, pide otra con un gesto al camarero, que vuela detrás de la barra, mientras la fumadora espera, paciente. Cuando encuentra fuerzas en el fondo de su estómago para decirle «de Galicia», repara en que se ha enamorado de la boca de esa mujer, que ahora arruga mientras Braulio acerca la llama a la punta del cigarrillo. Se habrá enamorado del resto de su anatomía

antes de que ella aplaste la colilla en el ce-
nicero. Porque Alina, la mulata, le pone la
sangre a hervir. Y antes de retirarse, muy
recatadamente, ella le dice:

—Ya se me hizo tarde, mi amor, me voy pa
la casa. Pero si quieres podemos vernos mañana, por el medio día, aquí mismo.

Braulio, que nunca antes ha sido alcanzado
por las flechas de Cupido, dice «¡Claro!» por
no decir «¿Te casarás conmigo?».

Y aunque el día siguiente amanece perezoso, y la mañana no acaba de pasar, Braulio, de trago en trago, en la barra del mismo
bar y ante ese mismo camarero, va acor-
tando las horas a base de componer el cua-
dro de su futura vida en compañía de Alina,
su Alina, su preciosa Alina.

IV

Impuntual pero más guapa si cabe, aparece
su mulata, eso sí, flanqueada por una hermana y una niña, Isabelita, que Braulio no
acaba de aclarar de quién es hija, pues llama
«mamita» a las dos mujeres. Y es que los cubanos son muy cariñosos y entregan su corazón desinteresadamente... pero sólo el corazón.

A los pocos minutos, se sientan todos a la mesa de un paladar. Parece que hay hambre. La pequeña Isabelita lo observa y luego le sonríe, y así varias veces. A Braulio sólo le mosquea que la hermana no pare de hablar, que si conoce a muchos gallegos, que existe una pieza de la máquina que tritura la caña de azúcar que se llama «el gallego»... Y como Braulio no puede concentrarse en las piernas de su Alina, busca con la mirada la complicidad de la niña, a la que tampoco divierte el sermón de su madre o tía. Juega a las muecas con ella y luego imagina a la familia al completo paseando por la aldea, con esos labios, la nariz gordota, y entiende que van a rebautizar su casa como «el hogar del africano».

Cuando llega la hora de pagar, la hermana calla de golpe. «Mejor llevarse sólo a Alina», se decide finalmente Braulio, extendiendo los billetes sobre la mesa.

Una vez retira la propina el camarero, todos se levantan, menos Alina, que se sienta muy cariñosamente sobre sus piernas mostrándole la mitad de unos pechos inacabables.

Braulio nota que la entrepierna comienza a abultársele, ella también lo nota, sin duda, y en la intimidad del momento le musita que está muy preocupada por su hermana, que ha perdido la ilusión de vivir, porque son muy pobres, viven las tres en un pisito de dos estancias, y no tienen para cocinar más que un pequeño fogón, y que su ilusión sería tener una cocina como la de una vecina suya, con sus armarios blancos, su horno y su frigorífico. Braulio conjetura que si Alina le pide dinero antes de darle su amor es porque guarda serias intenciones con él, porque habitualmente las putas lo piden después. Eso le agrada, y no puede evitar llevar la mano a su escote, acariciar un poquito la piel tan fina y asegurarle que complacerá sus deseos.

Entonces ella le dice «Te amo» y lo besa.

Y el pobre Braulio, que busca con sus ojos un biombo, algún rincón reservado, porque no puede aguantar por más tiempo la excitación, está a punto de reventar, como si tuviera veinte años.

—Ven, vamos pa la calle, que quiero darles la noticia —dice ella alzándose de un brinco y dejando al gallego con la miel en los labios.

V

Braulio consigue su objetivo y satisface sus instintos cuatro días más tarde, poco después de cenar todos en casa de Alina, el día del estreno de los nuevos electrodomésticos de la cocina. «Vale la pena el gasto, pues me excusa para justificarme ante Alina por si me pide que me lleve para Galicia a su hermana, justo cuando acaba de estrenar cocina nueva.» Esto barrunta mientras le da a la cucharilla y remata el pastelito del postre.

Los días previos no han pasado en balde. Han permitido a la pareja conocerse y trazar algún plan de futuro. Alina parece encantada con la idea de casarse e irse a vivir a España.

Eso sí, por dos veces le ha sacado a relucir el tema de la pequeña Isabelita, que tiene dos futuros, en Cuba o en España, que nada tienen que ver. Braulio le viene dando vueltas al asunto, piensa en «el hogar del africano», pero luego atiende a las curvas primorosas de su mulata y decide que más envidias causará su matrimonio que burlas su paternidad. Cada día que pasa es un hombre más enamorado.

Y no digamos la noche después de esa cena, tras la cual ella lo acompaña al hotel y baila sólo para él y luego se le ofrece y se le entrega una y otra vez, convirtiendo la cama en un irrefrenable huracán caribeño.

Braulio se siente como un caballero junto a su dama, tan noble es el sentimiento que les une.

VI

Nuestro hombre es completamente feliz y goza de esa euforia que nos hace a los humanos exagerar las cosas. Por eso, a la mañana siguiente, almorzando de nuevo la familia en el paladar del primer día, cita a la que se suman como por casualidad dos o tres de los músicos que tocaban en el local en el que conoció a Alina, Braulio comenta en voz alta que su situación en Galicia «es desahogada», expresión esta que juzga propia del cacique por el que le apetece hacerse pasar, tal vez para competir un poco con el alto y corpulento trompetista que procura seducir con sus sonrisas a la dulce Isabelita y ganarse de paso el corazón de Alina.

Braulio, un poco nervioso, se explaya acerca de su vida en el pazo, «una especie de palacio con muchas tierras, cien vacas y muchas ovejas y cabras». Aquel inventario de propiedades desencadena la euforia del grupo y Alina, entre risas y besuqueos, halla el momento adecuado para anunciar que Braulio y ella van a casarse, que vivirán en España con la pequeña Isabelita, naturalmente, que está ansiosa por conocer ya aquel paraíso, y que lo que más le gustaría de este mundo es que un día pudieran reunirse todos de nuevo en el pazo de su Braulito.

Desde ese momento, todo sucede a un ritmo vertiginoso. En dos días, Alina arregla sus papeles y se desposa con Braulio. Se celebra la ceremonia y, tras ella, el gran banquete en el mismo entrañable paladar que ha acogido a la familia desde el principio, aunque ahora media Habana Vieja se apretuja en aquel comedor. Rematado el pastel nupcial, nuestro conocido grupo salsero interpreta unos inacabables temas que tienen en danza toda la noche a los cubanos. Noche que para Braulio acaba a las doce y con la cartera vacía.

Bueno, aún le quedan algunos billetes para pagar unas llamadas telefónicas a sus amigos y comunicarles la buena nueva. También guarda celoso tres pasajes de avión que sobresalen del bolsillo de su negra americana de lana. Aunque la aventura cubana no hubiera acabado en boda, aunque su Alina no fuese tan joven y preciosa, la relajada expresión del rostro de aquel hombre, el colorido de sus sueños, ya valen el desembolso de todos esos miles de dólares.

VII

Y ya puede imaginarse el lector el espectáculo de la llegada a tierras gallegas. Porque aunque en Galicia no son raros últimamente estos matrimonios mixtos, lo cierto es que la exuberancia física de Alina contrasta vivamente con el talle bajo, macizo y regordete de su flamante marido. Y es que Braulio anda además un poco renqueante, no sabemos muy bien si por los trotes de cama con Alina, por el bajo valor nutricional de la comida cubana, o por ambas cosas. Y para colmo se trae a una niña en edad escolar que es fruto sin duda del pecado.

«Ya vale la pena, ya vale la pena», musita Braulio viendo la cara alucinada de los aldeanos y en especial el rictus de las aldeanas, que parecen perdonarle menos esto que lo de Lugo.

Pero una vez en casa, de puertas para adentro, comienzan las decepciones. Lo que Braulio había definido como un palacio resulta ser un enorme y destartalado caserón, que huele a ganado y a paja. Tampoco el mobiliario es propio de un palacio, ni los enseres de la cocina, ni la ropa; aquella casa tiene un aspecto que poco envidiaría cualquier vivienda habanera.

Alina, no obstante, calla.

Entonces Braulio abraza a la niña, le da unas monedas y la manda a jugar al pueblo, después sujeta a su mujer por las caderas y le dice:

– ¿Sabes que eres una gran esposa?

– ¿Puedo poner música? –responde ella, escabulléndose de sus fuertes brazos.

–Veo que ya te has hecho la señora de la casa.

Alina pone un viejo disco de Julio Iglesias que ha encontrado entre los muebles, y al ritmo de Ron y Cola-cola, mientras la pequeña Isabelita corretea por los caminos, en la comarca del Courel todos confirman con sus miradas que el viejo Braulio, que nunca tuvo muchas luces, ha perdido ahora, además, la vergüenza.

VIII

Alina, en las siguientes semanas, se dejó querer y obsequiar por Braulio, y así logró entre otras cosas disponer de un mejor equipo de música, nevera, televisor en color y, finalmente, teléfono móvil, con el que se dejaba escrutar por las calles de la aldea.

Con los meses, ante sus vecinas, que no eran precisamente jóvenes, fue ganando respetabilidad y fama de esposa dócil, incluso aprendió a hacer cocido gallego y enseñó a las más atrevidas algunas recetas cubanas. Isabelita tampoco tuvo dificultades en ganar amigos, además aprendió el idioma con pasmosa facilidad.

Y la historia bien hubiera podido terminarse aquí, pero al destino no hay quien le burle, y estaba cantado que al bueno de Braulio no podía sonreírle la suerte durante tanto tiempo.

«Ya vale la pena, ya vale la pena», susurraba por los caminos, conduciendo sus viejas vacas.

Y así llegaron las jornadas previas a las fiestas patronales, en las que solían actuar orquestas, cantantes y bailarinas. Y ahí Alina metió baza, rogó a su marido que ese año, de manera especial, invitaran al conjunto musical cubano de su amigo.

– ¡Sale más barato que traer a Julio Iglesias!

Braulio consintió en pagar, el alcalde intuyó los beneficios políticos del asunto, y entre todos se conjuraron para contratar a aquellos músicos salseros.

Ni que decir tiene que las de ese año fueron las mejores fiestas patronales de la historia, las de mayor colorido, las que más visitaron las gentes de la comarca y las que más se recuerdan.

Y fue precisamente durmiendo la mona, o así lo recuerda Braulio, cuando sucedió lo que tenía que suceder. Dice que sólo escuchó a la niña, a Isabelita, llorando, que no se quería marchar, que le dejasen ver a «papá

Braulio», que le quería dar un besito, pero todo sucedía como en sueños, con la pesadez del alcohol inmovilizándole, ahogando su voluntad.

En vano buscó a las dos mujeres bajo la luz del día. Se llevaron las ropas, los juguetes, incluso las fotografías. Sólo quedó debajo de la cama de la pequeña Isabelita una libreta de ejercicios de caligrafía que Braulio conserva como oro en paño, en recuerdo de su aventura caribeña, de la familia que tuvo durante unos meses.

Gracias a Dios, el país es pequeño, y supone que un día u otro verá un cartel anunciando la actuación del grupo musical cubano en alguna fiesta o feria de la zona, y podrá acercarse a ver a Alina y a Isabelita, que estarán guapísimas.

Nadie en la aldea se atreve a juzgar a Braulio, que trajo de su mano al individuo que luego se le llevó a la mujer y a la hija. Es sabido que tomó prestado algo que no era suyo, de manera que hizo lo que debía. En cierto modo aquí todos salieron ganando, y a lo que así acaba en mi pueblo lo llaman un buen final.

Editorial Letra Viva ©

2013

251 Valencia Avenue, # 253
Coral Gables, FL 33114